ENCANTARIA

Contos afrolésbicos

JHÔ AMBRÓSIA

ENCANTARIA

Contos afrolésbicos

Todos os direitos desta edição reservados à
Malê Editora e Produtora Cultural Ltda.
Direção: Francisco Jorge & Vagner Amaro

Encantaria: contos afrolésbicos
ISBN: 978-65-87746-54-8
Capa: Dandarra de Santana
Diagramação: Maristela Meneghetti
Edição: Marlon Souza
Revisão: Léia Coelho

Texto revisado segundo o novo Acordo Ortográfico da Língua Portuguesa.
Proibida a reprodução, no todo, ou em parte, através de quaisquer meios.

Dados internacionais de catalogação na publicação (CIP)
Vagner Amaro – Bibliotecário - CRB-7/5224

A496e	Ambrósia, Jhô
	Encantaria: contos afrofésbicos / Jhô Ambósia.
	Rio de Janeiro: Malê, 2021.
	146 p; 19 cm
	ISBN 978-65-87746-54-8
	1. Contos brasileiros 2. Literatura brasileira I. Título
	CDD B869.301

Índice para catálogo sistemático: I. Contos: Literatura brasileira B869.301

2021
Editora Malê
Rua do Acre, 83, sala 202, Centro, Rio de Janeiro, RJ
contato@editoramale.com.br
www.editoramale.com.br

SUMÁRIO

PREFÁCIO 7
A EBOMI E A FREIRA 17
ENCANTARIA 23
MEU QUERIDO SOGRO 27
A REVOLTA DAS CALCINHAS 37
QUANDO SIM É NÃO 41
A DESCOBERTA 47
A DOUTORANDA 55
O SAPATO VERMELHO 77
CONVERSA ENTRE AMIGAS! 81
ANALFABETO DE GEMIDOS 89
GATOSIDADES 93
FILHA DE OBÁ 123
O PERFUME DOS SETE CHEIROS 129

PREFÁCIO

Por onde as atrevidas caminham: identidades afrolésbicas narradas em paz

Estamos diante de uma coletânea de contos que se revelam em forma de convite, um acolhimento ao mundo sensível, dinâmico, frágil, e confiante das relações homoeróticas entre mulheres. Esta antologia vai integrando-se ao conjunto distinguido de escritos literários e escritos na categoria de não ficção, produções oriundas de autoras afrodescendentes, poetas, intelectuais e estudiosas do Brasil e de outras partes da América Latina, incluindo Miriam Alves e Zula Gibi (Brasil), Norma Guillard Limonta (Cuba), Cidinha da Silva (Brasil), Ochy Curiel (República Dominicana, México, Colômbia), Ana Irma Rivera Lassén (Porto Rico), Conceição Evaristo (Brasil) e Yolanda Arroyo (Porto Rico). Nos contos, as personagens são expressivas, um grupo diversificado de mulheres, incluindo aquelas cujas personalidades estão em construção, aquelas confortáveis em seus desejos homonormativos, e aquelas identificáveis como exploradoras, tanto aprendizes quanto experientes, perseguidoras de escapadas sexuais e emocionais.

A característica muito interessante desta iniciativa é sua tendência de explorar as muitas preocupações, opiniões, fantasias e caminhos percorridos no mundo daquelas mulheres de cor que amam e desejam outras mulheres.

Temas de amor, perda, erotismo e sexualidade falam da existência de um *continuum* que recolhe as perspectivas da sociedade brasileira frente a tais relações, o que, num extremo, reflete o fascínio da sociedade pela ideia e, no outro extremo, sua aversão, homofobia e racismo. Tais temas são diversos e incluem: os lugares e oportunidades para estabelecer relações de curto ou longo prazo, como o gabinete, conferências e espaços da militância afro-brasileira; as fantasias do corpo masculino e relações sexuais triangulares; o estupro e as vulnerabilidades das mulheres mais velhas; o conservadorismo, a homofobia e o racismo dentro da família; a autodescoberta espontânea da verdadeira orientação sexual; as (im)possibilidades de uma relação à distância; a maternidade e o papel de cônjuge; as possibillidades da bissexualidade, interpretada como traição potencial, (in)fidelidade e duplo compromisso; a espiritualidade afro-brasileira como proteção e orientação, os desafios de uma relação interracial; e, por último, o erotismo feminino afrodescendente e as experiências de compartilhar e de receber prazer. Trata-se de uma escrita desafiadora com momentos gráficos e carregados à medida que o corpo feminino afrodescendente se torna o local da identidade e da autoafirmação por meio de ferramentas de libido, um caminho eficaz pelo qual essas narrativas curtas buscam capturar as complexas nuances situadas no cerne dessa identidade.

No século XXI, há um atraso no foco acadêmico no lesbianismo literário negro, em oposição ao próprio lesbianismo. Em sua obra, Teoría lésbica, *participación* lésbica y *política*, Norma Morgrovejo Aquise expressa a visão de que o lesbianismo sempre foi menos compreendido do que a homossexualidade masculina, fruto de uma espécie de sexismo intelectual, uma vez que é muito menos estudado. Ela confirma também que as próprias lesbianas escreveram muito pouco sobre si mesmas, especialmente na América Latina. A ativista dos direitos dos homossexuais e acadêmica Juanita Día-Cotto afirma que "estudos de ciências sociais sobre mulheres na América Latina, escritos por lésbicas ou mulheres heterossexuais, tendiam a ignorar as experiências e contribuições das lésbicas para sua sociedade". Ela identifica o heterossexismo e a lesbofobia arraigada como as causas primárias, bem como a repressão secular das lésbicas da América Latina por forças sociais de todas as partes do espectro político. No final da década de 1970, observou-se um esforço social e politizado em conjunto para combater a censura, retratando a homossexualidade como algo normal, uma iniciativa posicionada para confrontar a homofobia persistente e a violência direcionada. Além desta contramedida vital, entidades de vários estados brasileiros oferecem aconselhamento e apoio, criando espaços seguros, fóruns de discussão e oportunidades para encontros comunitários. Até o momento, muitas lésbicas continuam preferindo o anonimato por medo de represálias públicas (Da Costa Bezerra 115-116).

Em "Bichas e Letras: uma Estória Brasileira", Denilson Lopes indica que o mapeamento da homotextualidade na literatura brasileira requer identificação das categorias estéticas de articulação, estudos dos gêneros literários utilizados para produzir essa literatura, estudos dos diversos tipos de espaços físicos que se manifestaram na homoescritura, estudos dos tipos de figuras humanas em torno das quais são construídas noções do olhar e do desejo, e finalmente atenção às práticas associadas a esse eu social-sexual, talvez até prestando muita atenção àquelas que são proibidas ou mesmo demonizadas (Lopes, 35). David William Foster cita Teresa de Lauretis, que define, em certa medida, esse tipo de escrita como "a produção de um discurso em que as atividades sexuais entre as mulheres são dadas como representação e são construídas como significados de desejo" (Foster, 159). O que vem à tona como diferente neste caso é a integração da mente e do corpo como uma zona completa de desejo e prazer. De acordo com Foster, *queer* como identidade contempla a construção livre do corpo em todo e qualquer aspecto pertinente aos interesses do sujeito (Foster, 165).

Diante desse cenário, esta coletânea recém-lançada de contos é um sopro bem-vindo de ar fresco à medida que seu lançamento se torna parte da construção de um espaço literário, em que a negritude, o lesbianismo e a escrita literária convergem em uma intersecção centrada no sujeito afrofeminino, focada exclusivamente no prazer negro, no amor, na paixão erótica e na sexualidade. Em escala epistemológica, o processo de produção literária é estratégico, politicamente frutífero, permitindo a descolonização do corpo da mulher afrodescendente, além de se tornar uma clara afirmação de propósito e intenção, que confirma o controle dela quando se trata de sua sexualidade, seus prazeres e seus relacionamentos.

A força dos contos reside em indícios específicos que incluem marcadas diferenças na personalidade dos indivíduos envolvidos, certa insegurança emocional, o instinto materno e a natureza única do relacionamento. São sintomáticos de um grande movimento e surgem como manifestações de inter-relações complexas que não são apenas dialógicas, entre o casal, mas também servem para mostrar o quão complicado pode-se tornar o amor entre mulheres simplesmente em virtude de suas extensões e pelo fato de que as envolvidas também estão ligadas a redes e a outras pessoas; a relação de amor é impactante dada a conexão do sujeito lésbico com outras redes igualmente complexas, sejam parentes, amigos e outras mulheres. O casal deve primeiro revelar suas intimidades bem como seu amor e sua necessidade uma pela outra. Esses dois elementos, família e intimidade, são locais marcados por diferenciações exclusivas de ser uma mulher *gay*. Para que essas mulheres estejam juntas, elas enfrentarão uma eterna indagação de seus motivos, um interrogatório feroz e prejudicial que simplesmente não é a experiência do casal heterossexual, o qual, por sua condição heteronormativa, não está sujeito ao mesmo escrutínio detalhado ou crítica negativa.

As histórias provocam uma discussão interessante em torno de possibilidades ou impossibilidades de compromisso. As relações às vezes estão em crise em virtude de diversas personalidades e subjetividades. Um tipo de personagem é aquela mulher aparentemente contemplativa, reservada, introvertida que nos conduz por seus pensamentos onde descobrimos que ela é tudo menos introvertida; pelo contrário, é exatamente o oposto, visível na maneira dela de fazer planos e elaborar estratégias para conseguir chegar perto da mulher que deseja. Ela realmente é um ser humano intenso e apaixonado ocupando vários perfis ao mesmo tempo – vítima, instigadora, amante, amiga, colega de trabalho, entre outros – ou seja, uma interpretação instável, porém realista, já que as circunstâncias exigem tais manobras se a conexão planejada for bem-sucedida. O monólogo é o nosso caminho em direção aos pensamentos da personagem-narradora e pode atribuir a ela um certo egocentrismo, vendo a relação e suas possibilidades da perspectiva de seus desejos, ao mesmo tempo que exibe ansiedade associada ao abandono e medo do fracasso.

Na coleção, a ênfase parece estar em narrativas que exibem relações homoeróticas, juntamente com confrontos entre parceiras, devido a expectativas conflitantes, especialmente no que diz respeito ao comprometimento. A revelação do funcionamento interno de cada relacionamento vem por meio de uma das duas, cuja história passa a ter precedência. Há também contos em que o espaço textual é dividido igualmente entre as duas, especialmente naquelas relações sob ameaça de absolvição devido a conflitos ou a uma eventual incompatibilidade. Em tom e estilo, as narrações variam, de intensamente sérias a leves, mesmo que as personagens muitas vezes não possam sustentar a relação devido ao tempo, espaço ou emoções pessoais. Esta coletânea em particular é sobre o relacionamento e o conjunto de fatores que proíbem ou estimulam a harmonia e a continuidade. Trata-se também do papel central da intimidade erótica na manutenção da relação. Esta produção geralmente incluirá cenas do ato sexual, caracterizando-as como um livro aberto ao coração e à mente da amante lesbiana.

Finalmente, o foco aqui é um tema universal – a relação e suas chances de sobrevivência. Todas as referências concentram-se no mundo das emoções; as narrativas demostram uma concentração feroz no estado sentimental de cada mulher ignorando tudo que não alimenta este propósito. Normalmente, os temas de amor, emoção, o fazer amor e o prazer físico são bem visíveis na poesia e na prosa. O que nem sempre está disponível é a natureza intrínseca da relação em si. Demonstrações de afeto, muitas vezes homossexuais na essência, não são visualizadas como tal porque não há marcadores textuais visíveis e claros, referências diretas, ou nomeação clara da narradora ou da receptora de tal afeto. Não é o caso nestes escritos, pois as relações aqui são abertamente exibidas, coerentemente descritas e dispostas a enfatizar a ideia do tumulto interno, uma preferência que, juntamente com o local de produção, dá sentido à antologia literária das narrativas lésbicas e encaminha seu valor ainda mais longe em termos de uma identidade ainda em questão dentro do espaço brasileiro.

BIBLIOGRAFIA:

AQUISE, Norma Morgrovejo. 2000. *Teoría lésbica, participación lésbica y política*. Ciudad de Méjico: Academia de Filosofía Universidad de la Ciudad de Méjico.

DA COSTA BEZERRA, Kátia. 2002."A Poesia de Leila Míccolis: o Humor, a Ambiguidade e a Ironia Como Mecanismos de Contestação". *A Escrita de Adé. Perspectivas Teóricas dos Estudos Gays e Lésbic@s no Brasil*. Orgs. Rick Santos e Wilton Garcia. São Paulo: Xamã, NCC/SUNY. 115-133.

DÍAZ-COTTO, Juanita. 2001. "Lesbian-Feminist Activism and Latin American Feminist Encuentros". *Sexual Identities, Queer Politics*. Mark Blasius, Princeton and Oxford: Princeton University Press. 73-95.

FOSTER, David William. 1999-2000. "Erótica lesbiana: unos ejemplos de la poesia de latinas". *Antipodas. Journal of Hispanic and Galician Studies* XI-XII: 159-169.

LOPES, Denilson. 2002."Bichas e Letras: Uma Estória Brasileira". *A Escrita de Adé. Perspectivas Teóricas dos Estudos Gays e Lésbic@s no Brasil.* Orgs. Rick Santos e Wilton Garcia. São Paulo: Xamã, NCC/SUNY. 33-50.

    Dra. Dawn Duke, professora de Português e Espanhol na Universidade de Tennessee. Docente no Departamento de Línguas e Literaturas Estrangeiras, ex-diretora do Programa de Estudos Africanos e Africano-Americanos, Diretora do Programa de Português e docente nos programas de Estudos Latinoamericanos e Caribenos e Estudos de Cinema. Pesquisa literatura afro-latinamericana com preferências pela afro-feminina. Entre suas publicações estão: *Paixão literária, compromisso ideológico: a herança de escritoras afro-cubanas e afro-brasileiras* (Editora da Universidad de Bucknell, 2008); *Artefatos da Cultura Negra no Ceará. Formação de Professores* (UFC, 2013), vários organizadores; *A escritora afro-brasileira: ativismo e arte literária*, (Nandyala, 2016) e *Cadeias de celuloide: a escravidão nas Américas em filmes* (Editora da Universidade de Tennessee Press, 2018).

A EBOMI E A FREIRA

Líria estava em casa, no seu afã de fazer faxina, numa tarde de sábado. Ao se virar bruscamente, para alcançar a vassoura, esbarrou a palma da mão na quina do fogão. Aquele toque brusco e suave a deixou paralisada. A memória de seu corpo se fez em festa e a levou a um distante passado em que trabalhava como professora, num convento.

Embora não fosse cristã, era obrigada a rezar todas as manhãs, antes de dar início às aulas. Trabalhava lá duas vezes na semana. Havia uma exigência que as professoras (a instituição só admitia mulheres, como docentes) almoçassem com o grupo de freiras. Líria não se importava em atender a este item do contrato. Embora simples, a comida servida era bastante saborosa. Assim, às terças e quintas, aproveitava para quebrar a eterna dieta. A parte menos divertida era ter que esconder seu pertencimento religioso. Ela era uma ebomi do candomblé Angola. Havia tido sua iniciação fazia mais de três décadas. Era uma filha de Vunji.

O momento da oração, antes e após o café da manhã e o almoço, inicialmente era uma ação mecânica. Ela repetia as palavras com uma voz que demonstrava contrição. Num certo dia, se viu procurando uma determinada mão, na oração conjunta. Só aí, percebeu que, durante anos, se sentaram sempre lado a lado, duas vezes ao dia, quatro vezes por semana. Nunca haviam se falado. Apenas uma breve troca de olhares demonstrava a humanidade entre as duas. A ordem expressa era que a hora do alimento é um momento sagrado. Portanto, deveriam guardar silêncio.

Ao final, um até logo geral era o que se esperava das docentes. Recomendava-se que não houvesse efusividades, nem abraços de chegada ou despedida. Depois daquele dia revelador, em que se interessou por cingir aquela mão, Líria passou a ficar todo o fim de semana ansiando pelos almoços. Não vislumbrava uma explicação plausível.

– Não pode ser por ela. Afinal, não tenho vontades sexuais com as mulheres. Estou segura de que não sou lésbica – argumentava com sua melhor amiga, por celular. Mas, na verdade, aquela mão deslocava suas certezas.

Líria sabia quando sua companheira de tatos estava triste. Nestes momentos se apresentava fria e com um ligeiro tremor. Outras vezes, era cálida e a alegria podia ser sentida. Certa vez, teve que enxugar a mão no guardanapo – ao final da oração – tal a quantidade de suor e energia recebida, após o contato. Não conseguia atinar qual seria o passo seguinte daquela relação.

– Relação? – perguntava a amiga confidente, em tom de preocupação.

A docente não sabia como atinar. Todo o seu corpo aguardava aqueles leves e breves toques, antes e depois da alimentação. Líria reagia de acordo com a comunicação recebida. Tornou-se *expert* em linguagens manuais. O nome, a voz individual – só a ouvia no coral falado da oração que *o senhor nos ensinou* – e o olhar eram completamente desconhecidos. Mas sua palma direita era íntima para a ebomi. Aparecia em seus sonhos e passou a deixá-la um tanto desconfortável mediante a situação de acordar com o corpo vibrando em êxtase e desejo. Aí, então, se levantava e se dirigia ao espelho para pentear seu cabelo *black power*. Costumava dormir de tranças, sabia que era uma forma de manter o cabelo sempre armado e viçoso. Nesses momentos, soltava todas e voltava a trançar. Era uma forma de relaxar e assim prosseguir no sono.

Até que, um dia, uma das noviças sentiu-se mal e a madre superiora recomendou que fosse levada ao hospital mais próximo. A instituição tinha uma boa estrutura. Mas, o motorista havia saído para buscar mercadorias e demoraria a regressar.

A irmã da mão, que, mesmo após tantos anos, seguia sem nome, ofereceu-se para acompanhar a enferma até o médico. Líria colocou seu carro à disposição. Houve certa resistência por parte da madre superiora. Após algumas argumentações, apresentadas pela docente, acabaram sendo autorizadas.

Deitada no banco traseiro, já meio desmaiada, a noviça não viu as mãos se reunirem na frente do veículo. Por iniciativa da religiosa, começaram a orar em voz alta. Líria apenas murmurava, queria ouvir aquela voz. Era forte, vibrante e ligeiramente rouca. Havia um sensual sonoro convite para a contrição.

– Temos que interceder a Deus – dizia a irmã da mão, sentada na cadeira do carona e apontando para a doente. Líria, embora não compartilhasse da mesma adoração ao sagrado, decidiu seguir as indicações da religiosa. Não podia acreditar que já seria a terceira vez que suas linhas da vida se cingiriam, num mesmo dia. Por outro lado, era a primeira que a mão esquerda da freira e a direita da motorista se conheciam. Os olhares também faziam encontro direto, em momento inaugural. E com eles havia rostos mútuos, enfim reconhecidos. Agora Líria, entre a condução do veículo e tantos novos acontecimentos, calculava rapidamente a idade da passageira, ao seu lado.

– Algo entre trinta e quarenta anos – concluiu.

Começaram a orar em voz alta. Dirigindo com a mão esquerda e a outra em comunhão, a súplica compartilhada elevava o clamor a um Deus, que não era o de sua religiosidade, mas devolvia os pedidos em forma de emoção.

E assim foram, nos cerca de trinta minutos, entre o convento e o hospital mais próximo. Neste tempo, suas mãos esfriaram, suaram e transpiraram, levando as duas mulheres a vários mundos e medos enquanto se deslocavam pela estrada deserta de gente e repleta de sustos e descobertas. Aquela pele e olhos cor de chocolate faziam resplandecer um brilho novo na íris da motorista.

Chegando ao hospital, elas já eram aguardadas. Vieram logo com uma maca para receber a ainda entorpecida jovem religiosa. No afã dos funcionários em retirá-la do banco traseiro, uma camisinha caiu de dentro do carro. Estivera ali, desde não se sabe quando. Havia sido esquecida.

Diante daquele pequeno objeto embalado num plástico marrom, já meio desbotado, a freira das mãos, já do lado de fora do carro, apresentou um breve tremor no corpo e uma sombra triste no olhar, que brilhara tanto, durante a viagem.

– *É do meu filho. Ele costuma usar meu carro.* Lívia não sabia a razão de se desculpar. Apenas sabia que necessitava contar aquela rápida mentira. Em verdade, não havia filho algum. As palavras se apressaram antes do tempo do pensar. A freira das mãos apenas baixou o olhar num silêncio sem tradução.

A professora não precisou retornar ao convento, o motorista veio resgatar as duas religiosas cristãs.

O retorno ao convento se daria somente na terça seguinte. A sofreguidão se instalara em Líria. Cinema, praia, teatro, leituras, trabalhos, reunião de amigos, nada a fazia desviar-se do desejo de tocar aquela mão cheia de magia.

Vestiu-se com seu mais lindo vestido, discreto – como exigia o contrato com a casa religiosa – e foi dar sua aula de inglês. A Congregação tinha sua sede na Inglaterra. Então, o estudo da língua era exigido para aquelas irmãs brasileiras.

Assim que chegou, postou-se à mesa para o café da manhã, no lugar que sempre escolhia. A irmã da mão já não estava a seu lado. Escolhera uma cadeira distante na longa mesa. Nunca mais oraram juntas.

ENCANTARIA

Lá estava Amara, no seu costumeiro debruçar sobre a janela para ver a rua onde morava. O espetáculo de árvores e pássaros a encantava. Um ritmo que a levava à infância vivida em um sítio de cidade periférica. Naquela tarde, uma radiante mudança na tão costumeira paisagem. Diante dela, formosa, elegante, corpulenta e no auge de sua afrocentricidade, uma bela fêmea. Amara, muito recentemente, decidira contar ao mundo seu desejo pelas mulheres. Durante anos, colocava nos homens – quando com as amigas e familiares – a culpa de estar sempre sexualmente solitária.

– Só tem homem safado. Homem de verdade? Difícil.

Assim, ia estrategicamente desviando-se das muitas cobranças sobre sua eterna solteirice. Em verdade, sempre sonhara ser afagada, amada, sugada e saboreada por braços e lábios rememorantes da Rainha Ginga. Às noites, quando em sua grande cama redonda, no silêncio de sua intimidade, Amara era uma mulher a buscar outras. Agora a realidade se fizera pessoa.

– Minhas deusas! Muito obrigada. Gratidão! Axé! Ela finalmente veio.

Amara estava segura, mas ansiosa. Muitas vezes havia conversado com a deusa das águas doces. Finalmente, sua fé garantira seu infinito amor acontecendo, logo ali, ao pé de sua janela.

– Ah! Quanto ebó para Oxum.

Inúmeras noites pensando em desafiar Santo Antônio – Uma simpatiazinha. Afinal, funciona para tanta gente. – Contradição exposta. Lutar pelo fim da violência contra as crianças era uma de suas bandeiras. Não podia afogar o Menino Jesus. Jamais o faria. Melhor ficar com a Mãe dos Rios.

Assim, Amara via acontecer a personificação dos cantos, danças e oferendas, tantas vezes repetidas com os pés e cabeça na água doce. Gostava de sentar-se à margem de um caudaloso rio, perto de casa, e ficar ali, na contemplação de fé. Conversava com Oxum sobre todos os seus momentos de felicidades e percalços. Era o seu divã que se movia magicamente lavando e levando pedidos. Fazia nos fins de semana, quase sempre no final da tarde. Estava segura de ser ouvida e atendida.

Agora, tudo fazia sentido. Era só chegar e se apresentar àquela humana que desfilava – mais que caminhava – ao longo da rua, geralmente mergulhada numa monotonia àquela hora da tarde.

Uma esplendorosa mulher, com um imponente trançado nos cabelos, justo em frente à sua casa. E pensar que havia deixado de ir ao trabalho, por uma breve e inusitada dor de cabeça. Ori de mulher de axé não dói à toa. Um banho de ervas frescas era o primeiro caminho. Depois até mandaria um zap para a Yà.

– Melhor não. Essas modernidades! Vou ao Terreiro sábado e peço à Yá para jogar.

Preparou-se para descer do prédio. Não podia ir pela janela. Era só atravessar a rua. Ainda viu-se pela vidraça. Com esta roupa? Não estava à altura. Vestiu-se em frente à janela, para assegurar-se de que sua Akotirene continuava lá. Enquanto isso, pensava na abordagem, havia muito ensaiada nas lides noturnas em seu diálogo com Odara, um vibrador amigo. Sim, de há muito se iniciara nos mistérios do sexo mecanizado pelo ligar de um botão. Servia como sonífero e abridor de um portal de fantasias e sonhos de profundo êxtase. Às vezes, ouvia ao longe, sua voz:

– Te amo, Odara. – Era a expressão de uma genuína emoção a quem lhe fazia tão bem-aventurada. Impossível pensar a vida sem aquela fiel companhia das mais inusitadas horas. Disfarçava-a entre os muitos badulaques, na gavetinha da cômoda ao lado da cama. Um breve estirar de braços e pronto. À pilha ou na tomada, qualquer impulso a fazia mover-se. Tinha vida. Sabia exatamente onde abordá-la. Incansável.

Amara seguia ansiosa, em busca daquela mulher. Fechou a porta rapidamente e correu pelo corredor. Mas os elevadores seguiam parados. A calcinha de algodão já estava molhada. O gosto daquela vagina certamente adocicada tomando poder sobre sua alma. As frases, aos borbotões, na garganta. Era o início de uma Vida em que seria assumidamente ela mesma

Tanto ansiara por aquele momento. *E se ela não tiver nas mulheres seu centro de afeto e sexo?* Nem pensar. O momento exigia apenas pensares positivos.

Correu em casa e voltou à janela. A rainha seguia lá. Como usuária de transporte público, Amara sabia que ainda demoraria a chegar um ônibus, àquela hora. Voltou para o corredor. Já ia entrar no elevador, quando se deu-se conta: —*Faltou o turbante*. Era sua coroa. Não poderia ir à luta sem ela.

Reabriu a porta de casa. Nova olhada pela janela. A moça seguia lá. Agora, sentada manuseando o celular. Uma plácida aparência, enquanto aguardava o coletivo.

Buscou rapidamente uma faixa de cabeça entre as muitas penduradas no armário. Tinha prática. Amarrou-se em poucos segundos. Os elevadores não esperaram por ela. Recomeçava todo o processo: segundos, minutos, horas, séculos

Finalmente, descendo, tesão subindo, vagina inchando, voz embargando. Abre a portaria, atravessa a calçada.

– Onde está minha Aqualtune?

O ônibus decidira chegar mais cedo.

MEU QUERIDO SOGRO

Elas acordaram morar juntas. Uma delas, Fayola, embora adulta, seguia vivendo com os seus pais, refugiada numa habitação onde convivia com a desordem. Livros, papéis, os mais diversos, instrumentos musicais e tênis compartilhavam o mesmo solo. Não havia prateleiras ou armários. Os dois anciãos, por simpatia e gentileza, arrumaram todo o ambiente para a chegada de ambas. A filha regressava após um ano de experiências ativistas na América Latina.

Makena, a visitante, por sua vez, inaugurava uma oportunidade, ainda que distante da família mineira e da individualidade de seu próprio quarto, no qual se refugiava desde os seis anos de idade. Menina pobre com o privilégio da individualidade: ter cama, estante e armário próprios.

Após onze horas de voo, chegaram à noite. Todos dormiam. Makena foi tomada de susto diante da elegância do novo lar. Eram típicos signos decorativos de uma classe média norte-americana que a faziam apequenar-se. Quadros, cristais, móveis de madeira maciça se exibiam para aquela nova residente. Na primeira pisada, viu suas botas – estavam no inverno – desaparecerem na sofisticação do felpudo tapete de uma das várias salas da casa de dois andares. Estaria ali para o próximo ano.

Pouco antes, o sofisticado carro do pai de Fayola – que fora buscá-las no aeroporto – havia dito que um novo mundo se anunciava para Makena. Ela que se via portadora de privilégios. Afinal, menina pobre que havia tido um quarto próprio, desde ainda criança. Esta experiência pessoal, familiar, parecia um grão de areia diante da magnífica e bem cuidada casa de sua amada e família.

Makena abandonara um emprego de mais de duas décadas, por muitos desejado, para seguir naquela aventura de parceria amorosa. Era um casamento aliado a um projeto de pesquisa. Estar em núpcias jamais havia sido plano primeiro da feminista Makena. Não acreditava no declamado amor romântico. No entanto, sua mãe sempre lhe fazia ver que a solidão não é uma estrada a ser almejada.

Amigos e namorados já haviam passado por sua vida. Todos negros e lindos. Os olhos de sua mãe transpareciam sonhos os quais a filha nem principiara a elaborar. Os silêncios sobre o tema falavam das expectativas da senhora negra genitora. Planejava amorosamente o futuro de mulher hetero esposada para sua única herdeira.

Makena, por seu turno, foi decidindo que a vida se pronunciasse a seu gosto e elaboração. Evitava organizar os sentimentos, só a profissão. E assim, na sua derradeira vivência no mundo da heteronormatividade, foi ele, um namorado quase marido que informou que ela era lésbica. Uma conversa tranquila por parte dele e revoltada, como a resposta de Makena.

— Me respeite! — vociferava ela.

Ocorre que algumas ideias ficam apenas aguardando um enunciado para se materializar. Sempre se lembrava do vaticínio do antigo amado. E vinha logo a negação:

— Lésbica, eu?

Assim, quando chegou àquele país distante, andava a passos ligeiros em seu terceiro relacionamento com mulheres. Os anteriores haviam sido de alguns meses cada um, mas que auxiliaram no aprendizado de novas formas de descobrir corpos e realizar orgasmos.

Assim que chegou, percebeu que a agora esposa afro-americana era apaixonada pelo pai. Ele, por sua vez, tudo fazia para que Fayola se sentisse confortável em casa. Makena se culpava por não conseguir alcançar o mesmo estado de bem-estar. Era um segredo sem ter com quem compartilhar. Embora fluente na língua, não seguia os muitos segredos e pactos linguísticos servidos em volta da mesa do *brunch* dominical. Difícil entender tudo o que se falava entre os familiares. Ali, Makena desenvolveu diversas expressões salva-vidas:

— É verdade? Incrível! Não posso acreditar! Inacreditável! Meu Deus!

Usava cada uma delas, a depender da ocasião. Assim, todos se asseguravam de que Makena estava inserida naquelas efemérides domésticas. Embora não acompanhasse o fio das conversas que sempre acabavam em gargalhadas coletivas. Ela seguia a alegria, sem traduzi-la, no sentido.

O sogro, o simpático, começou a dar sinais – que só a brasileira podia ler – de ciúmes e antipatia. Sua filha, Fayola, mediante a presença da amada, passou a ficar longas horas no quarto em afagos com sua nova esposa.

Além disso, viajavam por longos dias. Embora a trabalho, sempre encontravam momentos para tórridas sessões de intimidades femininas envolvidas por paixão.

Num dos almoços familiares em que, além dos sogros, estavam os cunhados e cunhadas, após servir a todas as oitos pessoas à mesa, o pai de Fayola cortou a parte menos nobre e com mais osso do belo peru assado por ele e quase arremessou sobre o prato da afro-brasileira.

Havia uma atitude plácida e harmoniosa conjugada com um olhar duro e desafiador em direção à nora. Formada nas hostes do ativismo de mulheres negras, só ela sentiu e viu. Decidiu comer silenciosamente, embora distribuindo gentis sorrisos para os demais.

Makena, filha de orixás de espada, é daquelas que enfrenta contendas. É fervorosa numa disputa. Naquele dia, ninguém repetiu o prato. Não era educado. A mãe exigia dos filhos comportamentos inspirados numa colonialidade francesa.

Quebrando o celebrado protocolo daquela família

negra, Makena se serviu pela segunda vez. O amado pai da casa derramou ódio pelo olhar. Obteve um inocente e mavioso sorriso em retorno.

Fayola é daquelas em que as manhãs e o desejo por sexo vivem reunidos. Acordava à procura da parceira. Se rejubilava em despertá-la com um cálido hálito no pescoço e as mãos em sua vagina. A reação de estremecimento e o susto momentâneo associado ao prazer a comprazem e a levam a perseguir momentos de toques e gritos seguidos de um bailado conjunto a caminho do ápice de humidade de ambas as intimidades em diálogos.

Makena é das sonoras. Seus ruídos ultrapassam portas, janelas, paredes levando quem está próximo a se cumpliciar com cada instante de enlevo. O tilintar da cama no segundo piso da bela e imponente casa da sogra e do sogro era uma das repercussões destas ausências de segredos.

No último segundo da realização plena de erotismo compartilhado, ouviam a voz rouca e máscula do pai ao pé da escada, a convocar Fayola, anunciando que estava atrasada para o trabalho – nos dias úteis – ou para o pequeno almoço – aos domingos e feriados. Diariamente, o ritual de interrupção de lascívia se materializava.

Esses eventos habitualmente perpetrados pelo líder da casa eram ignorados por Fayola. Denunciá-los seria uma estratégia incorreta.

Em um dos muitos momentos de longas conversas em

que falavam desde conjuntura internacional, passando pelas reflexões do movimento de mulheres negras brasileiras e do artesanato – que Makena adorava fazer – ela confidenciou que sentia saudades de comer feijão. Diferentemente do Brasil, lá esta iguaria não era constante no cardápio diário das casas. Seu paladar ressentia-se da falta dos grãos pretos preparados por sua mãe. Eram sempre refogados com alho, cominho e pimenta-do-reino. Estrategicamente amassados para engrossar o caldo. Servido ao lado de uma couve bem fininha e costelinha de porco frita. Ela preferiu omitir todos os detalhes dessa carência alimentar afetiva. Referiu-se apenas ao feijão, numa fala geral.

Ambas trabalhavam juntas num mesmo escritório de uma ONG. Fayola era a vice-coordenadora do projeto e Makena a ativista convidada.

Antes de sair de viagem, ainda na casa dos pais, no Brasil, Makena que era adepta da preparação de quitutes culinários, encheu um pequeno vidro de maionese com uma mistura comprada na feira do bairro para dar gosto ao feijão ou a outra iguaria que viesse a preparar. A mistura de temperos de cor escura indefinida e sabor pronunciado era sua companhia nas muitas viagens em que se hospedava nas casas das ativistas do movimento social, Brasil afora. Sempre se oferecia para preparar um de seus pratos preferidos: moqueca de peixe, servida com pirão temperado com camarão seco.

Não seria diferente, em sua primeira viagem internacional. Tudo isso ocorreu antes do 11 de setembro de 2001.

Depois disso, a verificação das bagagens nos aeroportos, certamente, impediria o transporte do potinho de ar quase místico. Após sentir-se um pouco mais familiarizada na casa afroestadunidense, decidiu-se, um mês após chegar, a procurar a poção para oferecer uma iguaria à família. Incansável busca resultou em frustração. O vidro se esfumara. Desistiu. Mas a vontade de feijão persistiu.

Certa noite, após um longo dia de reuniões, ambas regressaram cansadas para casa. Foram recebidas pelo amigável sogro. Ele havia feito feijão. *Só para a nora querida*. Repetia ele com entusiasmo.

Fayola derramava orgulho e alegria pelo olhar, que também expressava o prazer de haver nascido de um homem sem nenhuma demonstração de homofobia. Como uma filha única educada pela mãe mineira, embora o jantar fosse uma homenagem a ela, Makena convidou ambos a compartilhar o prato de cor achocolatada e com grãos um pouco inteiros. O sogro respondeu que já havia jantado e a amada que não gostava daquele sabor. Makena descobriu que era *chilli*, uma receita muito apreciada na família. A aula gastronômica também informava que a receita continha um pouco de pimenta e deveria ser comida pura, sem acompanhamento.

Primeira colherada: o mundo ardia em chamas bem junto ao seu palato. Enquanto o casal de pai e filha seguia de pé aguardando. A experiência mais desafiadora da brasileira no mundo das pimentas havia sido a malagueta. Como filha de um homem baiano, o tempero sempre estava presente na mesa da família. Naquele evento testemunhado por um sogro afável e uma esposa enlevada, os olhos preparavam-se para verter lágrimas. Fora ensinada desde tenra idade que no acarajé é que pode haver muita presença mais pronunciada do tempero queimante.

– Quente ou frio? Perguntava a baiana atrás do tabuleiro e o lindo bolinho de casca alaranjada, aberto nas mãos aguardando sua resposta, em diversas cidades brasileiras.

Ali, um prato fundo repousava na mesa, diante dela. Makena é daquelas que no ápice do orgasmo se põe a esbravejar: *Eu vou morrer! Eu vou morrer!* E, assim como num mantra, vai reproduzindo a frase para entrar na segunda estrofe de um poema em uníssono: *Me espera! Me espera! Me espera!*

Diante daquele quitute descobriu a proximidade real da morte. Era chegada a sua hora. Deixaria o mundo antes dos quarenta anos.

Resistiu. Pediu ajuda. Chamou Exu. Só o orixá dos caminhos poderia ajudá-la a fazer aquela desafiante travessia. E assim, de mãos dadas com ele, foi lentamente vencendo e chegou à derradeira colherada. Ergueu os olhos e vislumbrou a tristeza na face daquele ancião de pele levemente enegrecida.

Fora um episódio limite.

A que mais estaria exposta a partir dali? Ainda restavam oito meses de estada no país, de acordo com o contrato com a ONG. Não podia se arriscar a perder o trabalho e a esposa. Decidiu recorrer às deusas do panteão yorubá.

Algo teria que pacificar o coração daquele senhor. Saíra do Brasil, muito preocupada com seu relacionamento com a mãe da casa, desenhada por Fayola como alguém que costumava se instar contra as namoradas anteriores.

Makena jamais soube o que aconteceu. Apenas que foi recepcionada como uma filha por aquela *lady* afrofranco-americana. Artesãs que eram, compartiam longas horas em torno da arte de criação com as mãos. Eram grandes amigas.

Uma das vezes que ligou para a mãe, ouviu a seguinte pergunta: – Como está a mãe de Fayola? Está te tratando bem? Qualquer coisa me fala.

Durante a conversa ficou a se questionar: *Como ela sabia? Como ainda se lembrava de uma rápida conversa havida quase um ano antes?* Ela havia dito à mãe sobre o possível quadro de tensão que encontraria no convívio com a mãe de Fayola;

– Não se preocupe, minha filha. Vai dar tudo certo. – acostumara-se desde criança a nunca questionar as misteriosas assertivas de sua mãe.

Foi então que relatou o episódio do apimentado jantar, o da mesa do almoço, o desaparecimento do tempero moído e vários outros. Ouviu do outro lado da linha, a mãe, mulher de Oxum, assim dizer:

– Fique calma. Quem tem nossas armas não teme as pimentas alheias.

A REVOLTA DAS CALCINHAS

Ser filha do Babalorixá Seu Pedro de Xangô era para fortes. E a menina Enojuani aprendera isto desde tenra idade. Ele não tinha riso fácil. Controlava só no olhar. O senhor baiano não era só filho do rei de Oyó. Ele era a sua personificação.

Criança comia depois dos adultos ou na mesinha feita só para a menina. Era pintada de verde escuro. Madeira reciclada de alguma obra de casa. Ela usava também para estudar. Fora acostumada às leituras, desde os primeiros anos de vida.

A personalidade forte do pai acabava levando as pessoas a se demorarem pouco naquela casa de axé. Ficavam apenas o tempo necessário para resolver seus problemas de vida e sanar seus sofrimentos. Assim, visitavam o terreiro apenas em dias de festas. Afinal, a comida era muito boa e farta.

O pai de Enojuani, quando ia ao comércio, não entrava na loja. Chegava à porta – um pé na calçada outro no umbral – parava e olhava para o interior. Ali ficava até que uma submissa vendedora, encantada pelo seu olhar de feiticeiro afro-brasileiro, viesse atendê-lo. No momento seguinte, ele adentrava com sua altivez real.

A filha, ainda criança, adorava ajudá-lo nas obras e

concertos de casa. Ele era pedreiro. Ela cresceu entendendo de martelos, alicates, serrotes, chaves de fenda pregos e parafusos.

Já adulta, decidiu fazer um almoço para inaugurar sua primeira casa. Aos trinta e cinco anos, deu seu grito de independência e liberdade. Alugou uma casa e foi morar sozinha, com sua primeira amada, a quatro esquinas da casa da mãe. Almoçava e jantava com ela, no intervalo entre um trabalho e outro. No dia da inauguração do novo apartamento, as amigas ao chegarem se surpreenderam ao ver a filha de seu Pedro numa escada furando uma parede para uma cortina. Só aí ela percebeu a importância do que lhe havia ensinado o pai.

Quando criança, seu pai – embora autoritário – só lhe bateu uma vez. Ele estava trabalhando na varanda de casa e chamou Enojuani para ajudar, segurando uma tábua para que ele serrasse.

A menina sentiu apenas um pescotapa e outros seguintes. Motivo? Ela estava sem calcinha.

— Isso lá é jeito te uma menina andar. Você está descomposta. Vá já se arrumar.

Certamente não havia argumentação. Era obedecer e pronto. Mas, agora, passadas mais de cinco décadas, Enojuani pensava que nascia ali sua semente feminista.

Ainda hoje, a referente ativista do movimento de mulheres negras – que ela se tornou – não é amiga desta peça do vestuário. Segue com várias a decorar uma determinada gaveta. Há, até, umas rendadas coloridas só para sensualizar nos momentos de intimidade sexual com alguma namorada interessante.

No mais, elas ficam ali, a lembrar dona Ana, sua mãe que, zelosa por seu bem-estar, não se cansava de inquirir:

— Você vai sair sem calcinha?

Era o tempo das saias longas dos anos oitenta. Tudo secretamente protegido. Enojuani foi a missas, enterros, aulas e congressos, com a xereca tomando ar. A mãe, dona Ana, que seguia tentando instalar o terror na filha rebelde, completava:

— E se alguma coisa te acontecer? E se te levarem para o hospital? O que vão dizer?

Ela, rapidamente retrucava, já pegando a bolsa e a chave do carro:

— Ora, os jornais vão estampar: atropelada mulher sem calcinha.

QUANDO SIM É NÃO

Nyashia cresceu esperando um amor com um homem negro, bem-sucedido, lindo, esbelto, que lhe comprasse flores e chocolates nos fins de semana. Ao trinta anos, desinteressou-se. Foi conquistada por uma mulher tal como ela: inteligente, ativista, alegre, cativante e com a vida econômica organizada.

Depois desse encontro, sua vida mudou. Passou a adorar a inteligência, o humor, a vida, a eloquência, o cheiro, os sussurros, os gemidos, os gostos e os sabores produzidos no hábito do sexo alcançados nos segundos do prazer. Passou a integrar o grupo das que dominam a primeira letra da sigla de muitos adjetivos vivos e sexualizados no LGBTQIA+.

Três décadas já se haviam passado desde que os dedos, o corpo e a língua de uma rastafári a haviam conduzido às dimensões nunca antes caminhadas. Com ela, havia viajado a planetas ainda a serem nomeados. E, mesmo quando se foi, seus meneios e artimanhas permaneceram e passaram ser compartilhados com outras fêmeas nascidas em cidades e países diversos. Assim, Nyashia chegara aos cinquenta anos, plena de si e de sua lesbianidade. Não havia segredos, a família sabia, os amigos aceitavam e os colegas de trabalho conheciam sua esposa. Enfim, mulher realizada e assumida. Daquelas que escrevem no perfil da internet: *Em compromisso sério com...* Pronto, era o mundo sendo informado sobre sua cama. Postura política, mais que pessoal.

Nesta certeza de uma identidade sexual já consolidada, Nyashia se deixou levar por um príncipe sem encantos e ainda sem cavalo branco. Era o oposto daquele sonhado afeto dos tempos de juventude ou das amadas mulheres do pós trinta. O moço era alguém partícipe de suas histórias de amores cotidianos que chegou a conhecer algumas de suas antigas namoradas.

A conversa dele, gestada há tantas gerações pelos de sua espécie, foi cantada em voz lânguida para os olhos cerrados daquela mulher que acabava acreditando que sua primeira dimensão voltaria a ser visitada. Ele conseguia deslocá-la de suas certezas e afirmações sexuais. Nenhuma solidez, naquele momento. Desvaneciam-se os discursos e o ativismo de afirmação. Aos sessenta anos, Nyashia virou adolescente, ao encontrar suas pernas ocupando a parte superior de seu corpo e sua cabeça a repousar no estofado de couro de um carro ultramoderno estacionado à beira-mar. A madrugada de verão no Aterro do Flamengo, aliada à perigosa aventura de amor público, na violenta cidade do Rio de Janeiro, a levava a corporificar devaneios frustrados na moralizadora adolescência da Baixada Fluminense. O importante era apenas nada. Não cabiam racionalizações. O tempo e o espaço eram curtos.

Chegou a esquecer os conselhos da genitora: *Nunca entre no carro de estranho*. Era um amigo de longo tempo, embora soubesse apenas seu nome e sobrenome. Daqueles encontrados sem dificuldades nas publicações dos Movimentos Sociais: Antônio, João, Carlos, José, Júlio, Manoel, Miguel... Ela buscara esquecer. Já não importava. Sempre fora difícil memorizar quaisquer nomes. Confundia Janaína com Jurema, nomes de suas orientandas, no curso de graduação, na capital do seu estado. As alunas nunca a perdoaram. Mas o sobrenome daquele falso amigo, falso amante e verdadeiro desestabilizador permaneceria em sua memória: Filho.

Durante anos, ambos discutiam a razão pela qual não aceitava seus convites para irem a um dos muitos motéis da cidade. Havia tentado convencê-la em outras ocasiões mal sucedidas. O infante usualmente mudava de tema, quando lhe dizia: *Sou lésbica*. Ele seguia nos seus sonhos libidinosamente ocultados havia décadas. Nyashia sabia que Antônio, João, Carlos, José, Júlio, Manoel ou Miguel... Filho ansiava por apossar-se do seu corpo com fartas curvas. O olhar que recebia dele revelava que se regozijava ao planejar virar sumo em suas nádegas abundantes. Sua beleza, sua fama, nos ambientes políticos e artísticos da cidade, o faziam ser cobiçado principalmente por *socialites* à procura de degustar um nativo suburbano. Afinal, o seu histórico de homem nascido na comunidade lhe dava uma aura exótica de ser perigoso e viril que agravava e estimulava as fantasias das sérias senhoras das classes mais abastadas, tão frequentadas por ele. Assim, o senhor das lutas sociais em favor da classe trabalhadora não atinava com o fato de que daquela negativa aos seus galanteios seguia plantada na certeza de Nyashia.

Naquela madrugada, as palmeiras sucumbiram às gorduras, celulites e joelhos magoados de Nyashia. A lua cheia foi recoberta por uma nuvem e as ondas aumentaram de tamanho. Era o momento de sua vingança contra um casamento recém-desfeito. Havia amargura em seu interior. Sua esposa, de sete anos de felicidade intensa, decidira compartilhar outros lençóis de muitos fios, abandonando os dela, comprados no SAARA. Os sonhos de Nyashia se volatizaram ao lado do término de sua relação. Enfim, era o seu tempo, pois aparecera alguém que a desejava. Era o alento para um período de rejeição e luto. Talvez fosse melhor retornar aos planos juvenis. Talvez príncipes existissem. Talvez fosse melhor abandonar as mulheres como havia acontecido com ela. Talvez... os homens...

Agora era a redenção. Cavalgava com um príncipe. Quebrava-se o mito da eterna juventude; idosas também fazem sexo com prazer. Seu nome era plenitude. Perfeição e realização se materializaram no amplo espaço daquele veículo de última geração e moda. Os gestos eram rápidos e certeiros. Todos nas suas principais regiões de prazer. A sagacidade do moço era tanta que não dava tempo de pensar ou reagir. Era apenas para ser conduzida! E como o espetáculo era bem dirigido. Num texto ensaiado há vinte anos João, Carlos, José, Júlio, Manoel ou Miguel... Filho era ator, diretor e aderecista quando vestiu a camisinha para o ato final. De espada em punho, afirmava que havia conquistado aquelas almejadas terras.

No derradeiro momento, Nyashia pediu a interrupção do espetáculo. Ela havia se arrependido. Em verdade, nunca desejou ser habitada, ainda que brevemente, por aquele rijo e másculo órgão. Criou-se uma tensão no ambiente. Eles já não estavam sós. As muitas mulheres que a haviam possuído e amado reclamaram sua primazia. Num relance, sentiu cada uma das bocas fêmeas que seu corpo interiorizara. Os muitos nomes utilizados por ambas, na hora do sexo, traziam de volta os sons de sua ex-mulher. Saudade dos toques e afagos também vieram decididos a arruinar aquele momento de desvio amoroso. Todas as anteriores bradavam seus direitos. Quis sair do carro. Não podia mais continuar. Não quero – declarou.

Quando se encorajou para reverter o passo, era tarde demais para retroceder. Ele, o moço de nome comum – embora pessoa pública, politicamente correto e liderança de Movimentos Sociais – alguém que, em seu tom costumeiramente professoral, a havia ensinado que é desrespeitoso referir-se aos travestis no masculino. O rapaz, defensor dos direitos humanos, ainda não havia aprendido que NÃO É NÃO.

A DESCOBERTA

Janaína namorava Kwame, um negão bonito, filho de ativistas dos anos setenta, que decidiram colocar nos filhos nomes africanos. Era o momento da afirmação familiar, da construção de identidade e de uma afro-brasilidade. Uma das poucas épocas em que as mulheres negras não reclamaram de palmitagem. Embora esta qualificação só tenha aparecido muito depois. Eram muitos casais negros sendo encontrados em todo lugar, até nas cidades e estados onde eles eram minoria da população. Os homens negros, que ascendiam economicamente, iam imediatamente buscar sua 'nega' para ter uma história de carinho, amor, sexo e família. Mesmo as mulheres negras que não tinham no casamento sua meta almejavam um namorado afro. Embora menos visíveis, naquele período, as afro-lésbicas também desejavam uma companheira como elas, para seguir na vida.

Negão tá difícil de ser conseguido. Queixavam-se as brancas brasileiras ou as estrangeiras que vinham em busca de realizar seus sonhos sexuais do pênis dito avantajado. Tornou-se difícil completar seu *navio negreiro*, como eram secretamente apelidadas, pela militância.

Da Bahia, O Ilê Ayê ensinava o ritmo, a cor, a dança, os cabelos e ensinava às mulheres a enrolarem panos africanos nas cabeças e nos corpos. O continente africano atravessava novamente o Atlântico, desta vez, nas palavras em Yorubá entoadas nos carnavais dos blocos afro pelas cidades brasileiras. Vinha também a Terra Mãe pelas notícias das vitoriosas libertações forjadas com sangue e dor, por seus filhos em casa e nas diásporas. Havia chegado a hora em que se recusavam a ser gado e decidiam ser boiadeiros conduzindo suas sortes, vidas e destinos, por caminhos ainda íngremes.

Até agora, tantas décadas depois, ainda se consegue encontrar descendentes destas famílias afro-brasileiras. Hoje são bastante estudadas pelos historiadores e antropólogos. Alguns homens negros dessas famílias têm sido convidados – com cachê – para dar palestras em importantes universidades europeias e americanas. Em alguns casos, estes homens se formam como antropólogos.

Cansei de ser sujeito. Diz o mais famoso deles, com vários livros publicados.

A afirmação racial campeava tão publicamente, nos anos setenta e oitenta, que contam até de uma senhora ativista, em Belo Horizonte, que ficava na esquina vigiando para ver se algum dos cinco filhos – todos homens – se aventuravam com namoradas que não fossem de pele escura. Há quem diga que, se um dos rapazes desse uma deslizada, a genitora se apresentava, na hora exata do encontro, e o fazia regressar para casa de cabeça baixa. Se desculpava com a pretendente, que saía dali, espalhando – em voz baixa – que a quase futura sogra era racista. Excepcionalmente, esta família manteve a tradição. Hoje, pessoas influentes na sociedade mineira – um foi até Ministro da Economia no Governo do PT – seguem os ditames da matriarca, já na quarta geração.

Foi até criado um verbo: negramar. Vc está negramando? Perguntavam-se os afro-brasileiros, uns aos outros. Os campinhos de futebol, aos domingos pela manhã, começaram a perder público. Os caras ficavam em casa curtindo os filhos e suas 'negas'. A principal emissora de televisão do país passou a exibir uma novela em que a personagem principal, representada por um referente ator negro, tinha uma escola especializada em negramar. Sim. Alguns homens negros ficaram tanto tempo distantes das mulheres afro que já não sabiam como fazer. Tinham que aprender nos bancos escolares.

Num dos episódios, um destes homens, após o terceiro casamento, um de dez anos com uma judia e outro de quinze com uma descendente de alemães, decidiu – seguindo a onda do blackeamento – tentar com uma maranhense nascida numa das Terras de Preto (assim eram chamadas as terras quilombolas). O assunto foi comentadíssimo, em todo o país. Falava-se nos bares e nas salas de aula. Não faltaram os que dissessem que era racismo às avessas.

Uma das cenas que mais comoção promoveu foi aquela em que o casal vai para a casa de afro-brasileiros, pela primeira vez. Pela manhã, o antigo afro-palmiteiro acorda, olha para a namorada e se assusta. Aí, ocorre o seguinte diálogo:

Ele: – Nossa! Que cabelo é esse, mulher?

Ela: – Cabelo de mulher preta. Nunca viu?

Esta cena foi alvo de palestras, eventos, seminários e congressos. O argumento era se o autor teria depreciado o belo afro da atriz. Os homens convertidos a pretos seguiam tão desconhecedores de como lidar com as pretas? Mas eles não haviam sido criados por avós, mães, tias e até irmãs negras?

Os ânimos se acalmaram quando um famoso poeta negro paulista concedeu uma entrevista para um jornal de grande circulação, dizendo que ele mesmo havia cometido aquela deseducação uma vez. Aproveitava para pedir perdão a todas as mulheres negras de São Paulo, do Brasil e já e incluía as do mundo. Virou herói. Foi o primeiro afro-brasileiro que enriqueceu vendendo livro.

Kwame de Silva e Santos era, então, um dos herdeiros daquela geração. Tinha tudo para ser moreno, com sua pele meio cor de mel de laranjeira. Mas crescera participando das muitas reuniões do IPCN (Instituto de Pesquisas das Culturas Negras) no Rio de Janeiro. Era das muitas crianças que corriam e subiam a bela escadaria da instituição, enquanto os adultos construíam as primeiras reflexões sobre raça e racismo daquela geração. Sentia-se e se orgulhava. *Sou um homem negro*. Dizia em todas as ocasiões. Seguia no mesmo diapasão no âmbito da cultura e da religiosidade. Era um sambista inveterado e um ogã de candomblé, muito respeitado na sua casa de terreiro, em Itaboraí, no Rio de Janeiro.

Numa sexta-feira, no concorrido pagode de início de noite, da Rua do Ouvidor, Janaína e Kwame se conheceram. Ela resistiu um pouco. Gostava de homens negros de pele último tom. Mas o moço sabia ser encantador. Politizado, bem informado, falante e beijador, deixou Janaína envolvida desde o primeiro encontro. Namoraram sem maiores percalços durante quatro anos. Raramente se desentendiam.

O rapaz adorava fazer mimos à amada diante das amigas. Sentia-se rainha, em momentos públicos. Ela desconfiava de que era uma estratégia para se fazer cobiçado pelas demais mulheres. Certa vez, ele foi de Niterói, onde morava, até Nova Iguaçu, com uma bolsa enorme, cheia de gelo e cerveja Malzibier, para oferecer à amada.

Não tem Malzibier nos pagodes. Minha mulher não pode ter sede. Explicava ele.

Naquela tarde de domingo, para acompanhar o adocicado líquido negro, como acompanhamento, o ogã de Oxóssi levou biscoitinhos de cebola, que eram dados na boca da namorada, numa mesa cheia de belíssimas pretas. INVEJAAAA. Era o letreiro facilmente lido nos olhos das 'migas.'

– Vocês querem provar? Fui eu que fiz, para esta minha Zulu – anunciava ele, subindo um pouco a voz para ser ouvido pelas mulheres de uma outra mesa, ao lado. Eram suas táticas que melhor sabia desempenhar: a sedução e o encantamento.

Anos depois, Janaína encontrou uns biscoitinhos iguaizinhos, numa padaria próxima à casa dele. Jamais comentou. Afinal, Kwame era a personificação do príncipe encantado. Tudo era perfeito. Amigo, cúmplice, companheiro, bem humorado. E bom de cama. Embora um pequeno senão ocorresse na hora do sexo. Nada sério. Apenas acontecia. Os toques do homem de pele cor de mel eram aqueles que a levavam a vários sentidos num corpo que adorava descobrir pontos nunca antes percebidos. Eram horas na cama se permitindo inúmeras criatividades. Ele era mestre nestes mistérios de fazer suspirar e gemer a parceira. Mas, havia um "mas". Era bem pequenininho. Mas, estava lá se fazendo sentir e pronto para se pronunciar. Janaína não se comprazia com a entrada do príncipe no interior dela. Sentia-se invadida com a penetração. Suas portas se fechavam, como a proteger um castelo que se recusava a ser habitado pelo macho em cio, ainda que fosse só por um breve tempo.

A moça de nome indígena – uma homenagem de sua mãe à uma cabocla da umbanda, onde fora criada – não anunciava, mas sabia que sentia uma queda no desenvolvimento do prazer, a cada vez que o momento era chegado. O negão, cor de mel de laranjeira, procurava ser gentil, apesar do tamanho de seu membro.

Havia uma quebra de intensidades. Todo o fulgor e

vigor dos muitos afazeres sexuais renovados e compartilhados, durante horas, eram interrompidos. Ela precisava se concentrar para recebê-lo entre suas intimidades. Sempre ouvia dela: *Espera um pouco? Deixa eu respirar. Pronto, agora pode.*

Um dia após todos os tempos: os diretos e os interrompidos, depois de um beijo, um afago, um abraço afetuoso e um gole da cerveja que eles mais adoravam, Kwame, disse:

– Estou seguro que você é lésbica. – Foi uma briga, que Janaína teve que ser contida pelos fortes e gentis braços do amado, pois começou a quebrar o confortável apartamento do ogã.

– Me respeite, seu machista – bradava a namorada. Mas, ainda conseguiu realizar um sonho. Deu-lhe um tapa no rosto. Via sempre esta imagem nas produções hollywoodianas. Sempre sonhara fazê-lo, não importava o alvo.

Seguiram namorando. Mas Janaína nunca mais foi a mesma. As mulheres ao seu redor começaram a ser alvo de suas observações, num silenciar que gritava desejos ainda jovens de manifestações. Eram as do trabalho – colegas e alunas – as do sindicato, do pagode, da escola de samba, do bloco afro, do terreiro de umbanda, do movimento de mulheres negras... Um mar de vaginas protegidas em corpos altos, baixos, magros, gordos, nos muitos tons de peles e abrigadas por sérias, risonhas, sonhadoras, realistas, lésbicas, heteros, assexuadas e muitas outras adjetivações ainda a serem inventadas. Após este descortinar de olhares atentos conduzidos por interesses – numa busca cada vez mais intensa, – poucos meses depois, o vaticínio do ogã se cumpriu.

A afilhada da cabocla Janaína jamais precisou pedir para respirar ou esperar.

A DOUTORANDA

Rio de Janeiro, 14 de setembro de 2018. Era o momento da escrita do doutorado. O tempo era menor do que a quantidade de livros a serem lidos, e o número de capítulos aguardando sua vez para finalizar. Mundinha, sentada na biblioteca da Fundação Getúlio Vargas, no Rio de Janeiro, se perdia diante do belo mar à sua frente. A Baía de Guanabara e a Enseada de Botafogo vistas do alto do majestoso edifício significavam um audacioso convite à não disciplina. *Estudar, para quê?* Chegara aos quarenta anos como professora de escolas públicas e privadas. Francês e mandarim eram as disciplinas que lecionava. O doutorado era muito mais um compromisso político. Ser uma negra com doutorado era também uma vitória familiar. Tornar-se exemplo para os sobrinhos, já que decidira não ser mãe biológica. Preferira transbordar seus afetos para os muitos alunos e alunas. Outra parte, ela distribuía no movimento de mulheres, onde atuava.

Aquele era um dia difícil até para escrever a data. Quanto mais para analisar *As consequências do racismo sobre a população residente em favela: um estudo comparativo entre Brasil e Colômbia*. Inventara aquele título para impressionar a banca de cinco doutos brancos que a entrevistaram, num dos importantes centros de pesquisa, em São Paulo, havia três anos. Nunca pensou que seria aprovada. O que mais queria era perder-se no mundo e encontrar seu amor colombiano. Estava em relacionamento sólido com uma executiva de Cali. Agora, não havia como recuar, tinha que fazer jus à bolsa, em dólares.

Naquela manhã de biblioteca, estava na fase dos dois pês: perdidamente puta. Difícil posicionar-se no tempo e no espaço, coisa que ocorria com frequência. Haviam brigado por telefone. Mundinha pretendia apenas encher a paciência de Milena. Não era briga séria. Mas o pavio curtíssimo da amada explodiu antes mesmo de aceso o fósforo. Virou peleja. Já nem lembrava o motivo. Apenas que estavam sem se comunicar por mais de três meses.

Na verdade, só o corpo estava no imponente edifício de educação e pesquisa. *Gostaria de estar com você agora*. Repetia para si mesma. E seguia na argumentação solitária em voz baixa. Afinal, era uma biblioteca.

– Ah! Se estivéssemos juntas! Certamente brigaríamos ainda mais alguns bons minutos. Uma hora, talvez, durasse. Depois faríamos um amor especial em algum motel de estrada. Você certamente me alcunharia de vadia. Eu devolveria com o epíteto: sapatão!

Seus corpos se entendiam plenamente. Se xingavam só para conclamar a libido. Não era ofensa. Era libertação. Era o destravar da inibição. Milena atirava na outra:

– Me bate, meu macho! Vou segurar no seu membro!

Nesse instante, o lado feminista de Mundinha a fazia parar. O racional tomava conta. Não podia concordar com uma fala tão heterocisnormativa. E, Milena gatinhosamente a enchia de afagos e estímulos milimetricamente calculados. Era detentora do mapa, tal a frequência com se fazia anunciar naquelas regiões. Dominava a paisagem porque era familiarizada com o terreno. Ia tocando devagarzinho, como rabo de gato, na perna da gente, embaixo da mesa. Movimentos de ida e volta. Sabia ser felina doméstica. Miaria, se preciso fosse.

E Mundinha, com o corpo numa confusão de esperar uma mulher e ter um homem. E, na dúvida de evocar um homem e receber uma mulher, dava apenas como resposta um gozo intenso e infinito. Daqueles que a cama, o lençol, o tapete e o chão ficam brilhantes de visgo e prazer. Recém-recuperada, finalizava a crise feminista. Deixando de lado o ideológico, já nem se lembraria da raiva que a levara a se arrastar pelo sofá, até o tapete.

Aí, então, a bichana colombiana mordia os lábios e avançava num pulo certeiro sobre a já dominada carioca. Com os olhos ardentes em brilho de ataque e vontade de ter, ameaçava esbofetear a amada. Mundinha rechaçava. A gatuna queria amarrá-la na cabeceira da cama com meias finas. Uma imagem a que assistira num dos muitos vídeos pornô que entretinham suas noites de desacompanhamento, quando não estava com Mundinha. Em verdade, as duas não as usavam. Nunca fora peça presente no vestuário de ambas.

– *Que meia?* – perguntava Mundinha, ainda no desequilíbrio entre o real e o sentido no corpo estremecido. Só lhes restava sorrir do jeito tão igual de ser.

Este ritual entre Mundinha e Milena as mantinha juntas por mais de duas décadas. Embora vivendo em países diferentes, já haviam acompanhado as mais diversas tecnologias. Primeiro escreviam longas cartas, que transmitiam notícias com atrasos de um mês, mas que pareciam atuais diante do perfume da amada impregnado no fino papel de seda. Cada uma procurava caprichar na letra, para melhor o entendimento da outra. As chamadas telefônicas a longa distância estavam acima do que ambos os orçamentos mensais podiam abarcar. Ligavam só nos finais de semana. Os dois primeiros domingos eram de Mundinha e os dois últimos de responsabilidade da colombiana.

Depois, foi o momento do fax. Aparelhos adquiridos numa viagem a Nova York que permitiram comunicação diária, como um relato do cotidiano de cada uma. Sentavam-se à noite, após o trabalho, e escreviam-se numa conexão que as colocava lado a lado materializando-se em cada uma das camas separadas por quilômetros e horas de voo. Um ritual de mais de uma hora até que as muitas folhas fossem entregues. Na última, invariavelmente vinha um coração ligeiramente desenhado. O processo era completado ao mesmo tempo. Pois a cada folha recebida outra era enviada e iam se intercalando. Seguiam longo tempo neste ritual de pré-acasalamento. Assim, terminariam juntas e iriam reler simultaneamente as suas juras de amor noturno. Entre uma leitura e outra, gemidos eram ouvidos nas duas camas, distanciadas por quilômetros.

Foram das primeiras, em seus países, a ter acesso à internet. O ágil e-mail mudou a rotina. Já não tinham encontros de escrita "sexodiária". A qualquer momento que passavam pelo computador havia a oportunidade de escrever uma breve mensagem para a mulher dos sonhos. Intensificaram as escritas e diminuíram os encontros antes de dormir. E-mail não tem horário marcado. Utilizavam os computadores de seus trabalhos. Imprimiam sorrateiramente para deliciarem-se na chegada às respectivas casas.

Mais adiante, o fax, promovedor dos diálogos noturnos, foi substituído por computadores instalados em cada casa. Chegou posteriormente a Internet, no lar. Já podiam enviar seus e-mails de amor sem o perigo de serem flagradas e expulsas dos respectivos empregos. Às vezes, antes deste momento, utilizavam as *lan houses*, mas não se sentiam seguras. Em ambos os países havia o fantasma da homofobia a rondá-las.

Quando se encontravam, quatro vezes ao ano, gostavam de reler juntas algumas das correspondências trocadas. Mundinha ia a Cali em dezembro e ficava casada até o retorno das aulas no Brasil, em início de março. Em maio, Milena tirava uma licença de quinze dias e voava para a terra do Cristo

Redentor. Julho, novas férias escolares as encontravam em algum lugar do mundo, onde fosse verão. Outubro, mais uma fugida de Milena ao Rio de Janeiro e o ciclo recomeçava em dezembro. Não compartiam o rótulo de *casamento à distância*. Reconheciam que se falavam mais do que muita gente que vive na mesma casa cotidianamente.

***

Ambas se conheceram quando Milena havia ido a Macapá. Era gerente de uma multinacional de seu país, que estava se estabelecendo na Região Norte do Brasil. Viajava com frequência para a capital do estado. A estratégia era futuramente chegar ao Suriname, e assim à França. *Um caminho inusitado para dominar a Europa.* Bradava o proprietário da empresa familiar de médio porte, no ramo de roupas íntimas. *Lingerie.* Dizia ele.

Naquela viagem específica, havia uma competição de futebol feminino na lama. Tradicionalmente, os jovens aproveitavam o intervalo de horas de vazante do Rio Amazonas para praticar o chamado esporte nacional. Ali, acontece a versão sem gramas e com areia fina e caudalosa deixada para trás, enquanto o riomar vai passear em outras paragens. Aquela era a primeira versão onde as mulheres eram as atletas. Uma iniciativa da prefeitura que transformara o evento numa grande festividade às vésperas das eleições. O momento esportivo propiciou a participação de equipes – muitas formadas só para aquela efeméride – de várias regiões do estado.

Milena aproveitou para ficar na cidade durante o final de semana e assistir àquele momento tão típico da cultura local. Os ônibus chegavam com as integrantes das equipes, ao lado dos namorados, maridos, filhos, mães, pais, vizinhas e quem mais coubesse no transporte. Muitos inaugurando seus passos na capital. O espetáculo era uma grande novidade para Milena. Se deixara ficar na observância entre o jogo e as jogadoras. O encontrar dos corpos no balé do esporte a deixava excitada. Corpos negros e indígenas, em sua maioria, mostravam a pujança da Amazônia brasileira. Difícil não se extasiar com os rostos cobertos pela lama cinza chumbo que envolvia os uniformes das atletas. A água escura do chão molhado subia junto com a bola cortando o ar como lança. A pelota se precipitava e era abandonada pelo líquido que voltava a cair quase no mesmo lugar.

Milena sentira ímpetos de embrenhar-se entre as disputantes, só para sentir-lhes a umidade externa e calor interior certamente provocado pela agilidade da partida. A plateia, com homens, em sua maioria, vibrava e lançava epítetos, nem sempre encorajadores. Um início de briga se formou, bem próximo de sua cadeira.

– *Dá-lhe tudo, gostosaaaa!!! Ah, se...* – o enunciador do galanteio não conseguiu terminar a frase. O marido da dita cuja estava ao seu lado.

Milena, de seu privilegiado porto de observação, um quiosque bem em frente a um dos campos de futebol, concordou: – Gostosa mesmo. Mega gostosa! Claro está que foi uma opinião certamente não exposta. Não precisava provocar uma onda lesbofóbica.

Ela já havia estado outras vezes na cidade. Pela primeira vez reservara alguns dias para si. Finalmente, conheceu o Quilombo do Cria-ú. Lá aprendeu que a comunidade é composta pelas Vilas de Cria-ú de fora e de Cima e do Cria-ú de Dentro e de Baixo. A jovem guia quilombola, que conduzia o pequeno grupo de turistas estrangeiros, sugeriu que à noite fossem à Praça Veiga Cabral, onde haveria apresentações de marabaixo e degustação de gingibirra.

Numa de suas andanças pela cidade, Milena acabou na zona franca, de comércio abaixo dos preços de mercado. E, ali, aproveitou para renovar seu estoque de produtos eróticos numa *sexyshop*, meio escondida, em uma pequena rua. Após muito observar, decidiu levar dois. Seriam os amigos brasileiros, nas suas noites solitárias em Cali. Voltou à praça, no dia seguinte. Alguns jogos eram simultâneos, já que o evento só poderia ocorrer durante o tempo da voltinha do Amazonas, que durava entre seis e oito horas. Os certames eram organizados de acordo com a previsão da Tábua de Marés que fala das idas e vindas do mais extenso e o mais caudaloso manto de Oxum do mundo. Ele sai manso e regressa intenso, rugindo e a cobrar raivosamente o seu espaço usurpado pela obra de contenção. Era visível seu desejo de se espraiar por sobre a cidade e entregar ao mar tudo que ousasse se interpor.

Sentada, com uma cerveja, a colombiana sentia pena do gigante das águas doces. Gritava o riomar livre para ir-se e estagnado no seu regresso. Bradava um choro lamentoso, no choque com a barreira de concreto. Subiam suas águas provocando uma nuvem a alçar os céus. Sofria o maior rio do mundo. Já no seu segundo dia, ao abismar-se com os jogos, desejar as jogadoras e assistir à revolta das águas, viu passar um alegre grupo de mulheres negras. Fixou o olhar numa mais baixinha, com um vistoso cabelo rastafári. Sentaram-se todas à uma mesa, no mesmo quiosque em que estava Milena.

– Eu quero camarão no bafo – dizia a baixinha.

Todas riam muito todo o tempo. Falavam alto, mas o som do rio dominava a cena. Após alguns olhares recíprocos entre ela e a rastafári, Milena foi até elas.

– Desculpe incomodar, vocês são daqui? – O portunhol denunciava sua estrangeirisse.

– Eu sou do Rio de Janeiro. Elas são da cidade.– precipitou-se a baixinha.

Milena se aproximara meio sem saber o que dizer. Estava diante de mulheres negras, como ela. Sentia-se confiante. Queria ter com quem conversar. Apenas inventara uma pergunta meio óbvia. A pronta resposta da mulher com quem começara a flertar dava um caminho de luz a ser seguido. Ficou em pé junto à mesa. Com o copo e a garrafa à mão, demonstrava que não iria dali sem conhecer e ser conhecida. Quando finalmente foi convidada a sentar, posicionou-se ao lado da baixinha. – Raimunda Beatriz. Pode me chamar de Mundinha.

Apresentações feitas, soube estar num grupo de ativistas do movimento de mulheres negras. Era um mundo totalmente distante de sua realidade. Ouvira falar de tais grupos, em seu país, mas a vida coorporativa a alijara daqueles interesses. Ainda assim, a conversa foi animada e, durante horas, beberam, comeram e riram muito.

Tempo suficiente para que Mundinha se tornasse ainda mais interessada na colombiana. Agradava-lhe aquela mulher de corpo farto, tom de pele escuro e uma mecha de cabelo natural discretamente à mostra por baixo de um elegante turbante em tecido africano. Quando se despediram, já havia sido informada de que Mundinha hospedara-se em casa de uma das amigas.

Aquela foi uma noite de desassossego para Milena, no hotel. Desejava a baixinha Mundinha. Uma nova oportunidade se apresentava em sua vida. Havia muito tempo que estava sozinha e totalmente absorvida pelo trabalho. Embora já houvesse estado em várias cidades brasileiras, nunca havia namorado uma mulher no Brasil. Houve um período em que chegou a sonhar com esta possibilidade. Mas, uma série de insucessos a fez desistir do intento. Desta vez daria certo. Tinha o número do celular. Ligaria logo cedo. Ambas partiriam na noite do dia seguinte.

***

– Bom dia, gente. Quase não consegui dormir – falava Mundinha entrando na cozinha e sentando-se diante da mesa de café da manhã, em casa da amiga Piedade, em Macapá.

– O que houve? Caiu da cama? – perguntava a anfitriã enquanto coava o líquido negro no filtro de pano.

– Sei lá. Imagina. Sonhei com aquela colombiana de ontem. Qual é mesmo o nome dela?

– Sonhou com Milena? Que estranho? Vamos convidá-la para almoçar hoje?

– Sei não. Acho que ela vai viajar.

A dona da casa argumentava veementemente: – Sim. Mas o voo dela é como o seu. Só à noite. Liga aí, logo.

– Meu Deus. Tenho que chamar Haroldo. Lembrá-lo para confirmar o churrasqueiro para sábado que vem.

– Minina!!! É mesmo, Mundinha. Tá chegando o regabofe. Se eu pudesse eu ia. Vinte anos. Passou rápido, heim?

– Pois é... um dia desses namorávamos nos fundos do depósito do hipermercado. Era um tempo com menos câmeras. Muitas camas de mostruário saíram de lá com nossas marcas.

– Ninguém nunca pegou você e Haroldo, Mundinha?

– Eu tinha um gerente que me paquerava. Daí ele fingia não ver.

– Que babado, minha comadre. Me dá o cartão da colombiana. É número do Brasil? Deixa que eu ligo. Vou fazer um tucunaré na brasa. Vamos comer com açaí fresquinho e farinha d'água. Ela vai amar.

Foi esta mulher feliz e realizada que encontrou Milena, que chegou como um vulcão das terras de Cali.

***

Após a briga tão séria por telefone, Mundinha começava a se preocupar. Não conseguia se concentrar no capítulo sobre Sociologia das Desigualdades, texto basilar para suas reflexões na tese. Os vários livros ali a esperar para serem devorados e ela a ser comida pela incerteza.

Mundinha sentia-se culpada. Destinara toda a manhã para escrever. Como imaginar-se sem Milena? Não podia viajar naquele momento. As aulas das escolas, os alunos particulares de mandarim e o prazo da qualificação para o doutorado, tudo se acumulara. Só conseguia pensar na sua executiva com seus saltos altos e os muitos turbantes, que marcavam sua entrada sempre triunfal nas reuniões dos grandes empresários. Pensava nas unhas impecavelmente feitas ou mesmo nas tranças, cada vez com uma arte diferente e seu inconfundível cheiro. Usava sempre perfumes caros. Se dedicava a adquiri-los para o cotidiano do trabalho. Mas, após o banho, a caminho do ninho de sexo, se deixava ao natural. Emanava uma fragrância que poderia ser canela, cravo, almíscar, alecrim e tudo o mais que os sentidos poderiam definir. Era o odor misterioso de uma fêmea que tinha a capacidade de levar Mundinha a realidades ainda por serem viajadas. Só aquela colombiana cheirava assim. O cheiro de Milena tinha vida própria; se apresentava, mesmo sem sua presença. Mundinha já se acostumara a senti-la em horas e momentos inusitados.

Aquele era o momento. Em plena biblioteca o cheiro decidira se instalar no ambiente. Estaria seu corpo dando mostras daquela visita? Abriu o *laptop* e fingiu escrever. Estratégia infrutífera, pois ele persistia. E fora aquele aroma que a fizera revolucionar a vida desde o encontro em Macapá. Mundinha, professora respeitada em sua comunidade, naquela reunião estava casada com seu primeiro namorado. Vida tranquila de casal de classe média, sem filhos. Ele, advogado com carreira consolidada. Tornara-se referência na luta das causas raciais negras. Havia conseguido visibilidade na área e virara leitura jurídica obrigatória, no tema. Viajava com frequência, principalmente ao exterior. Sempre que podia, Mundinha o acompanhava.

Mundinha e Haroldo completaram vinte anos de casados, na semana seguinte ao regresso de Mundinha do encontro do movimento social, em Macapá. Em verdade, ela quase não viajara. Grandes eram os compromissos com os festejos. O casal já havia decidido alugar um sítio. Espaço ideal para abrigar toda uma noite e um dia de compartilhamentos felizes com familiares e amigos de ambos. Havia muito que celebrar. Conheceram-se quando ele ainda era *vendedor autônomo*, como gostava de dizer. Na verdade, comprava nas liquidações de grandes hipermercados e revendia de porta em porta nas comunidades e bairros pobres da cidade.

Sentia-se o mensageiro entre o sonho dos tapetes, quadros, panelas e baixelas anunciados na televisão e a materialização destes, em forma de fichas de prestação semanal, nos portões das casas, nas vilas suburbanas. Iniciou puxando um burrinho sem rabo, depois foi para um velho fusca, passou para uma Brasília até chegar a uma *pick-up* que acabou roubada com todo o seu conteúdo. Vendia durante todos os dias da semana e de segunda a sábado estudava Direito, numa faculdade particular com uma bolsa parcial. Mundinha era a vendedora no hipermercado onde ele realizada seu abastecimento. Se incumbia de notificá-lo sobre as promoções. Após dois anos de cumplicidade comercial e sexo esporádico, decidiram se casar. Com o passar dos anos, a parceria sexual foi ficando cada vez menor. Mas seguiam amigos. Cursos, concursos, sucessos e mudança de *status* social garantiram que a pequena casa alugada numa cidade da Baixada Fluminense fosse trocada por uma outra, num condomínio da Barra da Tijuca.

Agora, o Dr. Haroldo Emiliano de Oliveira Nunes era um atencioso marido que respeitava as andanças ativistas da mulher. Ela, por sua vez, não interferia em sua compromissada agenda profissional e religiosa. Ele era *alabê* numa referente casa de matriz africana, um filho de Xangô. Sua fé afro-brasileira chegara quando já era adulto. Havia sido criado na tradição evangélica. Seu avô e pai eram renomados pastores batistas. Decidiu mudar de religiosidade ao advogar causas que envolviam o racismo religioso. Como profissional na área legal, passou a visitar terreiros incendiados, invadidos ou cujos adeptos haviam sido obrigados a abandonar seus territórios sagrados. Em uma década, se tornara referência obrigatória, com vários livros sobre o tema. Assim, ambos eram ativistas da mesma causa. Gostavam de ficar até altas horas conversando, ouvindo *hits* africanos temperados por algumas garrafas de vinho. Às vezes, a noite se encerrava com alguns orgasmos e ejaculações, para lembrar que seguiam casados.

***

Naquele 14 de setembro, Mundinha decidiu abandonar a biblioteca. Não conseguiria se concentrar. A manhã de estudos já estava perdida. Ao reunir livros, cadernos e as muitas folhas soltas, o celular escapou das mãos e foi ao solo. Sem saber explicar de que maneira, a foto de Milena estava ali, estampada na tela. Portava um sorriso que ela decifrava a depender do momento. Às vezes, sensual; outras, inquisitiva ou, ainda, apenas enigmática. Assim estava agora. Aproveitou para tentar mais uma ligação. Aquela já seria a de número cinquenta, de acordo com sua conta. A não resposta vinda do aparelho comunicou-lhe que a briga seguia de pé. Com livros na bolsa, perfume no corpo e preocupação na cabeça, chegou à rua.

A brisa quente daquele início de tarde a caminho da primavera envolveu-a num tão desejado abraço. Era aconchegante como os cafunés de Milena. Divisou o contorno do Pão de Açúcar, ali perto. Fora o primeiro passeio de ambas na Cidade Maravilhosa. Haviam conseguido organizar a agenda e um mês depois do rápido encontro, de muitos e prometedores olhares e ligeiros esbarrões por sob a mesa, no almoço em casa da amiga em Macapá, finalmente estavam em condições de colocar em palavras tudo o que o corpo – mãos-olhos-joelhos – havia transmitido. Conversaram sobre si. Afinal, não se conheciam.

No primeiro dia de visita ao Rio, a colombiana se viu arrastada até o Corcovado. O testemunho da estátua do Redentor facilitava as sinceridades e as novidades sobre ambas.

– Sou casada há vinte anos, com o Haroldo.

Milena não sabia como reagir. Tinha algumas certezas: *Mulher hetero? Jamais. Casada? Nem pensar.*

E agora? Aquele mês entre Macapá e Rio de Janeiro havia sido repleto de esperanças. Difícil simplesmente fechar a porta. A cidade, aos pés de ambas, recebia cada nova informação, enquanto o sol rodeava a montanha.

Dali, foram a um motel.

– Fique tranquila, são muito seguros aqui no Rio. Hoje estou livre. Meu marido está em viagem de trabalho.

No dia seguinte, ao saírem, sabiam que a simbiose dos gestos e prazeres mútuos lhes comunicava que não poderiam retroceder. Tinham que escrever juntas uma realidade compartilhada. Uma semana durou aquele primeiro enlace. Recortado apenas pelos compromissos de aulas de Mundinha. Ainda assim, Milena esteve presente em muitas delas. Sentava-se – num misterioso silêncio – nas salas de aula ou nas casas dos alunos particulares. A voz cálida da mestra deixava a colombiana em constante êxtase à espera de poder reiniciar o jogo de amor e sexo. O prolongado espumar das vaginas de ambas dava mostras de que haviam estado há muito esperando uma pela outra.

– Hoje vamos namorar em minha casa – anunciou Mundinha.

– Onde? – O medo diante da possibilidade de encontrar o marido fizera Milena alçar a voz. O público de senhoras e senhores da classe média branca carioca presente no pequeno restaurante se voltou para observá-las. *Um espetáculo. Duas mulheres negras brigando.* Ao perceber o princípio de escândalo, Milena se acalmou e dedicou um bom tempo no processo de convencer Mundinha de que aquela estava longe de ser uma aventura interessante.

– Me apresente outros motéis. Li que aqui os de estrada são os melhores. Sem saber, estava ali construindo as bases de uma história que duraria mais de duas décadas. A moça de Cali acabava sempre convencendo a intrépida amada.

Três meses após aquele idílico período no Rio de Janeiro, quando estava no seu escritório, em Cali, Milena recebeu uma ligação de Mundinha. Sobressaltou-se ao ouvir a vibrante voz da brasileira. *O que poderia ser? Ligando durante o dia e tão cedo?*

– Me separei do meu marido. Estou vivendo sozinha. Quando você vier, já vai poder ficar em minha casa.

Não sabia o que responder. Eles tinham vinte anos de casados comemorados com fausto, meses antes.

Saltavam-lhe as perguntas: – Como havia sido? O que ele disse? Estão bem? Contou sobre nós duas?

Era hora de trabalho. Estava se arrumando para ir a uma reunião. Apenas disse:

– Ok, dona Helena. Depois ligo para a senhora.

Haviam criado um código. Quando dona Helena era invocada, significava a impossibilidade de seguirem conversando. Mesmo à noite, em casa, falando com Mundinha ao telefone, não conseguia entender todo o cenário. Só um mês depois, já na casa de Mundinha, vieram as explicações.

– Não se preocupe. Está tudo organizado. Haroldo e eu já não tínhamos vida plena de casal. Éramos amigos, que esporadicamente faziam sexo, estimulados por algumas taças de vinho. Seguimos sendo apenas bons amigos.

– *Mas...* – iniciava Milena. Tinha medo de fazer as perguntas equivocadas. Duas décadas depois, já casada com a brasileira, ainda não conseguia ter entendimento pleno da situação. O ex-marido se convertera em atual melhor amigo. Era chamado para tudo. Inclusive consertar a cama delas, quebrada durante uma noite de furor de movimentos de luxúria e pulos de prazer.

– Meu Deus, Mundinha, há tantos profissionais que podem nos ajudar. Chamar logo seu ex-marido?

– Qual o problema? Ele é dado a estes servicinhos. É como terapia. É sempre melhor que um estranho em casa.

– Ele vai saber o que nós fizemos à noite. – argumentava a constrangida colombiana.

– Milena, ele já sabe há muito tempo. Eu sou sua mulher. Entende?

– Mas... – Milena repassava cada minuto da noite anterior. A cama testemunhara sua mulher deliciando-se com os novos brinquedos que levara de viagem. Amava penetrar sua mulher que dançava de prazer com o frenético movimento do aparelho. O primeiro dia de reencontro, depois de meses distantes, encontravam Mundinha como no cio. Era demorado o processo de aplacar sua sede de gozo. Nem mesmo os lábios ou língua de Milena tinham o efeito de acalmá-la. Nestes momentos, só o vibrador reinava na alcova. Seu desempenho era completado com vigorosos toques em cada mamilo. Aí, era a vez de Milena. O mero testemunhar da realização sexual de sua amada já a deixava repleta de regiões molhadas. Desaguava-se mediante o espetáculo proporcionado a cada reencontro. Lamber, saborear e morder seriam práticas para outro momento. Agora, só teria que magistralmente mover o aparelho e entregar à Mundinha o melhor dos mundos sensuais. Percebia-se no esplendor da felicidade por contribuir com a completa libertação da felina selvagem residente naquela ativista professora de inglês, francês e mandarim. Seus esturros de onça livre na mata enchiam os cantos do quarto, da casa, do bairro e do mundo. Eram fêmeas em acasalamento.

– Bom dia. Tudo bem? – Milena se assustou com a mão estendida em sua direção. Era Haroldo Emiliano de Oliveira Nunes que viera restaurar o ninho de amor. Ainda que se conhecessem há anos, seguiam se relacionando de forma discreta e convencional. Poucas palavras emitiam um para o outro. Procuravam, apenas, trazer gentileza aos poucos momentos de convívio mútuo.

Ele chegara de terno. Estava regressando de uma audiência. Seguia sendo um belo homem. Sua tez negra de pele clara contrastava com o cabelo black, sempre muito bem cuidado. O breve beijo de cumprimento permitiu que Milena sentisse a discreta fragrância de perfume importado. O terno bem recortado e o reluzente sapato de couro determinavam sua classe social. *Um negro bem-sucedido*. Diria a mãe de Milena que, apesar dos quase cinquenta anos da filha, seguia aguardando que ela levasse para casa um futuro marido, com aquele perfil. Depois de haver colocado todas as namoradas de Milena na categoria *amigas*, ainda almejava haver espaço para um marido na vida da filha.

– Quer tomar uma cerveja? – Mundinha tentava criar um clima mais ameno.

– Não bebo em serviço. – respondeu ele, num tom jocoso. Só depois Mundinha lembrou-se de que era uma quarta-feira. Dia do Orixá Xangô, seu pai de cabeça. Não poderia beber.

— Vou até o mercado. Vocês querem alguma coisa? — Era Milena tratando de bater em retirada. Nunca fora boa em lidar com situações incômodas ou constrangedoras

***

Agora, na rua, ao longo da praia de Botafogo, o medo se instalava em Mundinha. *E se minha colombiana não mais retornar?*

Nesse instante, sentiu o vibrar do celular. *Seria Milena?*

Do outro lado, a voz aveludada de Haroldo, de há muito não ouvida, a fez voltar no tempo.

— O que você está fazendo hoje? Estou com saudades de nossos vinhos. Vamos jantar?

Mundinha aceitou imediatamente. Sentia-se carente. Precisava de alguém que a conhece profundamente. Aproveitou que a tarde estava livre, foi ao salão de cabelos afro, para apertar o *rasta*. O cuidado com cremes e óleos, proporcionado pela gentil cabelereira, era tudo o que sua alma solitária precisava naquele dia. A massagem da manicure, cuidando de suas unhas, foi outro presente que se permitiu receber. Ainda havia tempo para ir em casa. Descansou um pouco. Tinha um vestido que ganhara de uma amiga moçambicana. O colorido das capulanas que montavam o artesanal mosaico da peça, aliado ao turbante que deixava à vista parte de seus *dreads*, a fizeram gostar da resposta do espelho para sua imagem. Um batom vermelho e uma nuvem de seu melhor perfume completaram a preparação. Queria impressionar seu antigo homem.

Tomou o primeiro táxi que viu e pediu que a levasse até Botafogo. Sempre gostavam de sair às quintas-feiras. Haviam marcado para as vinte e trinta. Do Leblon, onde residia, até o restaurante tantas vezes visitado pelo ex-casal, seriam cerca de vinte minutos. O alabê de Xangô não gostava de atrasos. Enquanto o carro se movia pela orla da cidade, decidiu dar uma rápida olhada nos e-mails. Faltara tempo e disposição. Já não o fazia havia cerca de uma semana. Estremeceu com uma das mensagens:

– Chego ao Galeão quinta-feira às 22h. – Era Milena avisando numa mensagem de cerca de cinco dias antes. A doutoranda e professora de línguas virou-se para o motorista e avisou.

– *Moço, mudamos o itinerário. Toca para o Galeão.*

Estava feliz. Havia colocado uma calcinha *sexy* na bolsa.

O SAPATO VERMELHO

Era uma paisagem um tanto desolada, ressequida e abandonada de gente, bicho e sorte. Só o cacto e a poeira conseguiram resistir. Depois deles, estava Jacinta. Havia tanto tempo que não se lembrava de quando nem como chegara ali. Apenas lhe restava a formosura de uma pele negra cheia de brilho, embora de há muito não lhe cuidassem os cremes que a faziam imensamente feliz. Não tinha ideia de como estava sua beleza. Os espelhos foram se partindo com a chegada do tempo. O último se foi depois de uma faxina. Apenas os cabelos lhe contavam que haviam embranquecido, pelos fios que se soltavam, de quando em vez, de algum dos *dreads* de seu cabelo rastafári.

A única humana que ali habitara, além dela, havia ido com a desculpa de procurar sua alma, visitando parentes, na cidade mais próxima. Jamais regressou. Apenas seu nome seguia presente na memória de Jacinta: Detinha. O rosto dela já não era de sua familiaridade. As distâncias no tempo e no espaço se incumbiram de levá-lo aos poucos. Já se transformara numa penumbra a caminho de uma manhã de sol forte. Só a sua pele, cor de doce de leite, se mantivera inesquecível. Algumas vezes, a maciez de seus cabelos crespos voltava a ser sentida pelas mãos da mulher solitária.

Jacinta se acostumara a conversar longas histórias com o cacto que dava pistas de sol forte. Em tempos cada vez mais distanciados, a planta prenunciava uma chuva. Quase sempre se equivocava. Mas Jacinta agradecia ainda assim. Era a oportunidade de ser feliz na esperança, mesmo que temporária.

Havia outro companheiro de longos diálogos, embora de outra ordem: um sapato reluzente de cetim vermelho. Sim. Apenas um pé. O outro, Detinha que tantos prazeres a fizera sentir, levara como fiança para garantir um breve retorno. Ficou a dívida. Jacinta transferira para ele as declarações de amor que a parceira já não podia ouvir. Em algumas manhãs, o salto fino do vestuário substituía o dedo indicador de Detinha. Nesses momentos, seus gemidos de quase morte se espalhavam em busca de ouvidos cumpliciados. Retornavam sem encontrar quem os ecoasse. Jacinta, no entanto, se diluía antes de compartilhar o epílogo.

Décadas se passaram sem que a dona do sapato regressasse para reunir o par. Já não tinha rosto, nem nome, a sua proprietária, só a pele e o cabelo. Nem sua voz se retivera na memória. Seu legado se transformara num encardido salto sem cetim e sem brilho. Alguns fios soltos da desobediente costura decidiram partilhar da cena. O objeto apenas revivia quando confabulava com as intimidades de dona Jacinta. Deitada ao lado do pé de cactos, via no céu, limpo, nuvens se desvanecerem no momento de mais uma sessão de gozo. Todo o ambiente se verdejava e a chuva quente jorrava por entre suas pernas, irrigando a terra.

CONVERSA ENTRE AMIGAS!

Sempre andavam juntas. Helena e Maria conheceram-se no grupo de oração da Igreja Católica, na Baixada Fluminense. Era um par de diferentes moedas com lados semelhantes. Helena iniciava o que viria a ser uma bem-sucedida carreira no âmbito do feminismo negro. Na idade adulta, viajou, palestrou e se destacou, refletindo e denunciando o racismo e o sexismo. Nascida no candomblé, praticava o que hoje chamamos de dupla pertença. Não havia crises em passar noites de quinta e sexta acordada nos rituais em oferenda aos orixás e nas primeiras horas da noite de sábado estar nas reuniões do grupo de jovens da igreja.

Após, saía correndo para chegar a tempo de banhar-se, colocar o turbante, as saias de goma primeiro e depois a saia da festa do dia. Era atenciosa. Sempre tinha uma saia diferente para cada dia de festa em homenagem ao Orixá. Em verdade, gostava mais daqueles em tom de azul, a cor de Ogum, seu pai de cabeça. Por último, pendurava no pescoço as contas e adentrava o barracão como princesa. Sua mãe já reinava.

A yalorixá da casa, sua mãe biológica e de santo, fingia não ver seus caminhos quase desviantes. Assim, evitava confrontar-se com a jovem *ebomi*, em meio aos seus conflitos: *Vamos dar a Tempo o que é de Tempo!* Dizia a sábia senhora, em alusão ao Orixá do Tempo. Anos depois, Helena regressou – após os arroubos da juventude – inteiramente às lidas com as deusas, deuses e caboclos do Candomblé Angola.

Maria era o oposto. Única mulher numa família de seis irmãos era a que devia obediência a todos eles. Casados, almejavam uma família hetero feliz para a caçulinha. Recém-entrados na classe média, possuíam uma rede de lojas, de um negócio familiar. Perfaziam os brancos bem-sucedidos da próspera cidade, na franja da capital do Estado do Rio de Janeiro.

Maria e Helena trocavam confidências confessando segredos familiares e dos namorados que conquistavam. Como era de se esperar, encontraram na igreja seus parceiros de vida. Ambos integrantes de outro grupo, os Jovens Iniciantes da Oração.

Helena, filha de família pobre que valorava os estudos, recém-iniciara a universidade. Maria, morando no bairro mais nobre da cidade e tendo ganhado seu primeiro carro, aos dezoito anos, desacreditava da eficiência dos bancos escolares. A bem da verdade, seu pai, detentor apenas das séries iniciais de formação, construíra uma pequena fortuna e dera a cada filho uma loja para comandar. Ao se casar, Maria também teria a sua.

Após um breve namoro, Maria contraiu núpcias numa rica cerimônia noticiada por toda a alta classe média do Estado.

Seu amado era um belo, branco e bonito rapaz do grupo de jovens. Era o esperado. Todos estavam felizes. Embora ele fosse oriundo de uma família sem expressiva conta bancária, os irmãos não se opuseram. Maria já estava a caminho dos trinta anos. Os atributos físicos do rapaz já eram o aceitável dote. Era falante, simpático, tocava violão e pertencia ao mesmo time de futebol dos homens da família. Impossível um cunhado mais perfeito. Era a atração desde o primeiro churrasco no sítio, quando todos se reuniam para ver as finais de campeonato. De quando em vez, contava umas piadas em que viado, mulher gorda e negão estavam presentes no mesmo conto. Alegria e muitas gargalhadas nos almoços dominicais.

– Gosto muito desse minino. Minha filha acertou em cheio – repetia o patriarca.

Ele possuía o perfil desejado para ser um integrante daquela família de homens em ascensão. Poderia gerenciar Maria em seu presente de casamento: uma nova filial do conglomerado. E, assim, foram felizes para quase sempre. O belo e gentil namorado foi gradativamente se metamorfoseando no decorrer da vida em comum. Os carinhos, afagos e flores desapareceram primeiro. Deram lugar a silêncios, distância e desclassificações. A chegada de duas meninas num intervalo de um ano não contribuiu para o retorno das felizes horas dos meses pré-nupciais.

Enquanto isso, Helena seguiu com seu *belo, esbelto e elegante negão*. Assim, o adjetivava a mãe de outra amiga. O namorado de Helena – também encontrado na igreja – era um ajudante num depósito de bebidas. Trabalhava com o tio. Empregava todo o salário em alinhados blusões, sapatos e perfumes. Era o provocador da inveja das amigas. Nas missas de domingo era cortejado por muitas das jovens presentes. Arredio, fazia questão de demonstrar fidelidade à namorada. Ele havia estudado até o final do ensino médio. *Segundo grau*, dizia a mãe, orgulhosa por haver lavado roupas e assim pagar os estudos do único filho. Helena não se aventurava a dizer que aquele não era um curso de boa qualidade acadêmica, daí a dificuldade em ser aceito nas muitas empresas em que o currículo era entregue. Filho e mãe preferiam crer *na ausência de sorte, do pobre rapaz*. Helena era feliz com ele. De gosto refinado, apresentou a ela várias regiões nobres da capital do Estado, em seus passeios dominicais. Da Baixada à Zona Sul, no ônibus frescão, mais confortável e com janelas filmadas. Estava vazio nas tardes de final de semana.

Esgueiravam-se entre os assentos e se instalavam ao final do coletivo. Longe do espelho retrovisor do condutor. O último banco virava cama de motel. A estrada sinuosa e esburacada dava o ritmo ao entardecer de toques, suspiros e gozos. Quarenta minutos durava o abre, toca, molha, suspira, geme e fecha. – *Chegamos*. É o final – gritava o cúmplice motorista fingindo não saber o que ocorria ali. Rapidamente vinha a sequência: cabelo afro desamassado, roupas abotoadas e batom restaurado. Hora de descer do coletivo. Aparências compostas. O belo, esbelto e elegante negão trajava sempre blusões mais longos, para encobrir alguma inconveniência de seu membro fálico, caso não conseguisse que este serenasse antes de saírem a público.

Os amigos ao redor foram se casando, e os rebentos, nascendo. Com eles, a pressão sobre quando o casal seguiria o mesmo comando. Helena, universitária, lecionava em duas escolas, não se via casada com alguém em situação financeira tão vulnerável. Seu amado vivia de bicos, depois que se aborreceu com o irmão de sua mãe. Embora sempre empregado, era uma situação instável. Não sustentaria o parceiro, como Maria escolhera fazer. Sim, o belo e o branco ex-namorado se recusara, após casar, ser comandado pela esposa. Não aceitou ser apenas gerente onde a mulher era a proprietária. Maria montara-lhe outro negócio próprio. Faliu em pouco tempo. Voltou a tentar em outra área. O mesmo aconteceu. Sucessivas tentativas financiadas por ela e que só contribuíam para o mau humor do pai de suas filhas.

Helena fingia não ouvir os questionamentos sobre quando diminuiria trabalhos, estudos e militância, para oportunizar as bodas com o príncipe negão. *Afinal, homem está difícil.* Completavam as amigas mais próximas. Ela nem ousava apresentar o amado ao ciumento e intransigente pai. Namoros e casamentos eram temas não abordados em casa. Após um longo questionário, certamente seria desaprovado. Cinco anos de namoro segregado e cumpliciado apenas com a mãe. Esta adorava o futuro genro. *Rapaz, educado, de família honesta, criado pela mãe que se esforçou por sua educação.* Repetia a genitora, já imaginando netas e netos.

De repente, a notícia: Maria se divorciara, cansou de ser a protetora econômica do insaciável esposo. A vida acabou levando-as a afazeres e viveres diversos. Embora residindo na mesma cidade, as amigas já não compartilhavam os mesmos olhares sobre o mundo. Um dia, a saudade, a amizade e as boas memórias forçaram a que se visitassem. Após uma longa conversa telefônica, decidiram se ver. Maria preparou um atencioso jantar para apresentar a casa nova à amiga-irmã. Grandes eram as expectativas para as novidades, em ambas as vidas. Helena, a mais afoita, iniciou: – Terminei com Fernando. O título de o mais belo negão do ano já não me satisfazia. Estávamos estacionados num namoro sem futuro.

Maria parecia algo entre triste e aliviada e fez um sinal ininteligível. Em verdade, nunca vira a possibilidade de um casamento naquela história. As perspectivas de vida eram muito distintas entre Helena e o namorado. Agora era a sua vez. Guardara para entregar a mais alvissareira informação da noite: – Estou namorando uma mulher! – Certamente ouvira mal. Era parte do contraditório senso de humor de Maria, talvez provocado pela herança cearense da família. O olhar estonteante e silencioso que se apoderou de Helena levou a amiga a repetir a sentença.

– Verdade, estou namorando Tereza.

– Quem era essa? Como invadira a vida de Maria? – Algumas perguntas que se faziam acompanhar por outras interrogativas: – Por que se distanciara tanto tempo? Por que deixara a irmã sozinha? E agora? O que fazer? Meu Deus!

Coitada! – O turbilhão de perguntas sem respostas eram retratadas no silêncio de seu olhar. Pensava e tentava não emitir nenhum som. Não desejava chocar a amiga, com seu sentimento de decepção. No entanto, lágrimas simultâneas cresciam em seu rosto. A culpa só poderia ser de Antônio, o ex-marido. Se a tivesse feito feliz, não teria entrado naquela situação extrema. Eram muitas as dúvidas.

Maria sentia-se petrificada diante da reação da amiga-irmã. Calou-se. Jantar arruinado. Revoltada, Helena toma a bolsa e se vai. Despedidas impossíveis. Chorou durante uma hora e meia no ônibus até sua casa, que felizmente estava em silêncio. Seus pais dormiam. Acordou banhada em lágrimas e tristeza. *Que decepção!* Precisou de um mês para rever Maria. Desta vez para conhecer Tereza. *Uma moça interessante, legal e normal. Nem parece!* Pensava Helena.

Assim, a professora, filha de axé e antiga amiga foi aos poucos incorporada na nova família de Maria. Amiúde, as três saíam para shows, restaurantes, ou jantavam na casa de Maria. Sempre se perguntava por que chorara tanto ao saber da notícia. *Conservadorismo? Homofobia? Ciúmes? Seria lésbica e não sabia? Impossível.*

Certa vez, quando as duas irmãs estavam juntas, a nova

lésbica interpelou Helena sobre se ela já havia pensado na possibilidade de namorar uma mulher. Tomada de surpresa, mas usualmente racional em suas afirmativas, respondeu:

– Bem, eu só teria uma história de sexo ou amor com uma mulher se fosse negra e ativista. E, nesse ambiente, da organização das mulheres negras, estou certa de que não há lésbicas.

Após uma sonora gargalhada, Maria respondeu: – Comece a prestar mais atenção a quem está ao seu lado.

ANALFABETO DE GEMIDOS

E assim estava Luena, radiante, medrosa, nervosa e repleta de expectativas. Emoções não lhe faltavam. Aos sessenta anos, sentia-se adolescente a ansiar pela fantasia que prometia se materializar. Tinha uma querência que se travestia em não se anunciar. Era uma menina de madeixas brancas que se entrelaçavam em suas tranças. Em verdade, sentia-se como duas. Uma era a mulher que sempre quisera ser: profissionalmente bem-sucedida numa carreira internacional, analista, crítica e muito cuidadosa para não cometer tropeços. A outra, uma moleca travessa de perigos iminentes e atraída pela não disciplina. Esta se deixava sentir iluminada nos olhos, no rosto, no sexo, bem no momento exato do relato e da publicização do pecado e conquista.

Agora, algo novo se apresentava no seu viver. Era o exercício de ser a não oficial de alguém: a famosa a outra. Aventura era a palavra a ser enfrentada. Neste caminho, se percebeu sendo três. Era também uma expert em gemidos, ruídos e barulhos, mesmo que elaborados, pensados e organizados no ritmo do(a) outro(a) que dançasse teluricamente, acreditando emanar do som dela, a fêmea.

Assim estava depois que ele reapareceu, com suas já habituais frases de conquista. Anos de possibilidades não acontecidas. Ele a almejava como a realização de um ainda inalcançável objeto. A terceira e a segunda Luena se juntaram e foram ao encontro romântico. Ambas se satisfaziam com a imagem de superar a imensa fila de pretendentes ao sexo, com aquela personificação de Príncipe Encantado. O respeitável homem público, embora casado, era almejado por uma legião de mulheres e homens.

Combinadas as complexas agendas, enfim surgiu uma data comum. Um belo hotel, no centro da cidade, foi escolhido, por ele. Ela trajou uma sensual calcinha amarela, a cor de sua protetora, Mamãe Oxum. Poucos minutos após fechada a porta do quarto, ela o chamava secretamente: *coitado!!!!!!* No afã de compensar duas décadas de tesão represado, ele foi sedentamente sobre ela. Luena se apiedava dele que sonhava a respeito do seu comando sobre aquela antiga paixão. Ele desmanchava-se e perdia-se flacidamente no interior da senhora/adolescente. E, cheio de si, se estabelecia sem perceber como era desconvidado. Em verdade, era um gato bebê que se pretendia íntimo, muito antes do escancarar dos portões.

– Pobre mortal este 'minino' que se pensa homem feito.
– Era uma vozinha que acompanhava Luena e que sempre se fazia ouvir secretamente.

– O cara tem quatro décadas de existência e muitas

outras pela frente até aprender que mulher não se domina. Se convida a conduzir. – Seguia a insistente voz.

Em verdade, o senhor das palavras era muito sabido, mas infinitamente inexperiente. Desconhecia o ato de solicitar. Só conseguia comandar. Parecia general diante da tropa. Demonstrava estar em permanente guerra, em busca por corpos ansiosos. Não era este o caso, naquela tarde de primavera, na Cidade do Rio de Janeiro.

– 'Tadinho'! Ganha meia batalha e já se proclama herói. – seguia a implicante voz em Luena. A senhora sexagenária percebia que ele não era vencedor de coisa alguma. Sabia escancarar pernas, mas lacrava sentimentos.

– 'Seja homem. Dilua-se, ao invés de ordenar.' – Ouvia Luena, enquanto fazia sua representação magistral. Nunca gemera, gritara e sussurrara tanto. No fundo se divertia. Gostava de sentir-se no controle, ainda que o controlado não se apercebesse de sua vulnerável situação.

A vozinha não lhe dava paz: – 'Liquefaça-se antes de viajar sozinho, meu amigo.'

Tudo ia relativamente bem até que... O maior engano do senhor das certezas ocorreu logo depois. Imaginem! O amado e idealizado por várias seguidoras era inepto com o preservativo.

A voz apossou-se de Luena e saiu num diferente tipo de grito: – Perdeu a camisinha dentro de mim? Desastre. Zé mané.

Não podia seguir. Era o limite. Obrigou-o a realizar a operação resgate. Era grande a semelhança com uma consulta ginecológica. Pernas escancaradas e ele a buscar atentamente como quem se perde numa caverna escura. Constrangimento era o que reinava no sofisticado aposento. Até que, após longos minutos de caça, a senhora de seis décadas viu o amarfanhado objeto transparente ser manualmente retirado de sua angustiada caverna de desejos.

Mesuras de cavalheirismo foram apresentadas, depois do histórico e mal fadado episódio. Além dos exaustivos pedidos de desculpas, o Príncipe desencantado fez menção de abrir uma garrafa de champanhe, sobre uma belamente ornada mesa, no cômodo contíguo. Ela também recusou saborear, com ele, uma barra de chocolate suíço, ao lado da garrafa. Vendo que nada fazia aquela senhora aceitar ficar para uma segunda rodada, o elegante rapaz sacou do bolso da calça uma caixinha em papel de presente. Era um belo invólucro, meio amassado, embora um lindo laço a cobrisse.

'Isto é presente que ele já traz, para aliviar a situação, caso algo saia errado. É truque.' – avisava a tal vozinha.

– Um perfume para uma rosa – dizia o galã. Por outro lado, sem a mínima preocupação em ser gentil, Luena recusou a gentileza. Ela se comprazia em dizer não àquele sem jeito. Para completar, também não quis a carona até sua casa, que era próxima.

Já fora do motel, olhou o relógio. Ainda havia tempo para encontrar sua namorada na saída do curso de Inglês.

– Oi, amor, vim te fazer uma surpresa.

GATOSIDADES

Sempre que era atacada de saudades, Tereza Helena sentia cheiro de feijão preto, macio e achocolatado da cor da pele da vovó Mariquita, preta velha mineira que inaugurou *a hora de ficar à toa*. Era o encontro diário da neta com sua anciã, sentadas embaixo do frondoso pé de abacate, no centro do quintal. Começou com as duas e se ampliou com gatos, cachorros, galinhas, pintos e pombos. Todos se chegavam e se acomodavam, como um encontro marcado. Se espalhavam e se estendiam preguiçosamente, em torno de ambas.

Vovó Mariquita perguntava pelo toucinho, colocando o indicador, no centro da pequena mão da menina que logo respondia: *O rato comeu*. Seguia a segunda pergunta sobre o paradeiro do rato. E a netinha feliz contestava: *O gato comeu*. E a avó insistia agora, inquirindo sobre o felino. E a voz infantil respondia uma vez mais: *O cachorro comeu*. Daí em diante, a brincadeira podia seguir qualquer rumo. O certo é que acabava sempre com uma sessão de cócegas e muitas risadas compartilhadas.

Era uma infância de cidade periférica com casa de quintal grande, com patos, gansos, pombos cachorros, galinha no galinheiro e gerações de gatos, na maioria pretos. As fêmeas gatas eram sempre batizadas de Agathinha. Desaparecia uma e vinha outra. O nome permanecia.

Gato não se pega no colo, nem se leva para a cama. Dá asma. Era a recomendação unânime de todos os adultos da casa. Agathinha e Teresa Helena (a Teca) surrupiavam comida de sobre a mesa do quarto de Axé. Fora criada numa casa de matriz africana.

Manhêeee!!!! Agathinha *roubou a galinha com dendê, do pé do santo*. E lá ia Teca, correndo pelo quintal, atrás da inocente bichana, enquanto limpava furtivamente a boca e terminava de saborear um naco de galinha d'angola. A gata sempre era responsabilizada pelo delito.

Agathinha – nome escolhido pela menina, mesmo com resistência do pai. – Não se coloca nome de gente em bicho —bradava o sisudo senhor.

Agathinha era amiga. Esfregava-se na perna da dona, sempre que tinha um ensejo. Seu pelo preto luzidio transmitia aconchego e cumplicidade. Era um jeitinho amoroso da gata preta, que miava e lançava um olhar dengoso, pedindo afagos. Roçava sem muita pressa quando Teresa Helena estava distraída e esta sempre se assustava. Tal qual uma felina humana que Tereza Helena conhecera num congresso – anos mais tarde – denominado *Direitos humanos e o feminismo negro na América Latina*.

A gata congressista foi se chegando. – Enfim hoje fizeram

um *coffee break* decente. – falou já com uma proximidade mais íntima do que se pode conceber à alguém que se acaba se conhecer.

– Verdade. – Foi o que o susto de Teresa Helena permitiu esboçar.

– Sou Makota Neuzineide. Qual seu nome?

– Sou Teresa Helena. Pode me chamar de Teca. – A imagem que via fazia Tereza Helena pensar que aquela mulher de sotaque nordestino e voz aveludada era alguém que merecia ser mais bem entendida. Foi aguçada a curiosidade. Era a sua vez de perguntar. — Você é de alguma organização do movimento social? Está representando alguma universidade? Órgão de governo?

Quando a moça, após acabar de engolir um salgadinho e degustar um gole de café, se preparava para responder, foi interrompida por um homem branco de terno, que, num tom senhorial, tocou-lhe no ombro e foi conduzindo-a até a sala de conferências. Apenas a tempo de Teresa Helena ouvi-lo dizer: – A senhora vai coordenar o grupo de trabalho agora à tarde e já vai começar. Ao longe, Tereza Helena via a mão do homem ir do ombro à cintura pouco demarcada coberta por um belo abadá africano.

A avó mineira gostava de utilizar uns termos que só ela parecia conhecer. Um deles era *disinsufrida*. Ele aparecia nos mais variados contextos. O mais comum era como sinônimo de desassossego. Assim estava Teresa Helena depois do encontro. As perguntas eram aos borbotões. Nem conseguia ordená-las. Duas sobressaíam: *Havia sido paquerada por aquela deusa herdeira de Nany de Marrom? Qual a relação entre ela e aquele homem que a arrastou sem cerimônia?*

Tomou mais um apressado café e foi ver a lista das salas. Descobriu que seu grupo estava dois andares acima. Coisas de grandes congressos que são sediados em hotéis. Só há encontros durante os cafés ou nas conferências magnas. Teresa fingiu não entender o inglês que dominava o ambiente e tentou ingressar no grupo da bela dama. Foi impedida. Seu crachá denunciava que estava na sala equivocada. Decidiu ir pela escada. Mais tempo para voltar a focar-se no evento. Estava muito agitada depois do breve e inesperado encontro. Deparou-se com outras mulheres pelo caminho que haviam desistido dos elevadores, todos cheios.

Nas escadas deu de cara com Letícia. Uma ex-namorada de alguns anos antes. Terminaram sem a concordância mútua, o que levava Letícia, cada vez que se encontravam, a tentar reatar um relacionamento que, na opinião dela, havia sido sério. Nesses momentos, era um suplício. Letícia se agarrava à antiga parceira e a seguia durante todos os momentos do evento. Estavam em sentido oposto na larga escada, o que demonstrava que seus grupos de discussão estavam alocados em andares diferentes. Tal circunstância não impediu que ela girasse o corpo e se posicionasse para retornar pelo caminho de onde viera. Um rápido olhar, um suspiro de desagrado de

Tereza Helena, um abraço efusivo e um quase beijo nos lábios na retribuição de Letícia. Uma já costumeira sequência.

– Qual a sala de seu grupo? – perguntava Letícia já escada acima. Mediante a demora na resposta, pegou o crachá de Tereza Helena e disse. – Nossa, eu estava na dúvida em relação ao meu grupo. Na verdade, eu queria este.

Pronto, começou. Pensava Teresa Helena. A esperança era que Letícia fosse impedida na entrada da sala. Quando finalmente chegaram, havia um pequeno tumulto na entrada, com relação à tradução para o inglês. A pessoa responsável não conseguia entender o que dizia um grupo de mulheres. Foi justo aí que Letícia se esgueirou e adentrou sem ser percebida. Teresa Helena se ofereceu para ajudar e acabou ficando do lado de fora. Aproveitou para escapulir. Perdeu a sessão. Tomou um dos muitos materiais recebidos na abertura do encontro e foi sentar-se num canto da sala de *coffee break* aguardando a saída da Makota. Teria ainda quase três horas para esperar.

Teresa Helena se descobrira lésbica havia mais de vinte anos. No entanto, mantinha-se ensegredada para a sociedade onde circulava. Às vezes até arranjava um namoro – embora breve – com algum homem. Assim, buscava dissipar quaisquer rumores a respeito de suas preferências sexuais, voltadas para as mulheres. – Sou professora. Não quero que minhas alunas vejam meus cuidados e atenção, como possível interesse sexual – explicava para a terapeuta nas sessões semanais. Além da profissional que a atendia, menos de três pessoas compartilhavam dos acontecimentos em sua cama. Passou, então, a ser denominada, embora só viesse a sabê-lo muito mais tarde, de *lésbica dos congressos*. Nem sempre acontecia encontrar alguém. Mas, quando ocorria, eram noites ardentes embaladas pela sofreguidão mútua diante da certeza do final do congresso ou encontro feminista. Sentia-se casada, esposa, dona e propriedade de alguém. Conseguia viver e tornar pública sua sexualidade sem medo de julgamentos. Sentia-se a própria detentora do direito à liberdade sobre seu corpo – *Meu corpo, minhas regras* – pensava, todo o tempo. Levava sempre nas malas alguns apetrechos e calcinhas sensuais.

Após cerca de uma hora, abandonou os papéis de literatura que recebera na recepção do congresso e passou a ler um livro de contos afro-brasileiros. Adorava a coleção Quilomboje. Ajudaria a passar o tempo restante. Posicionara-se de forma a ver a porta da sala da Makota e não ser vista por quem descesse as escadas. Sabia que Letícia devia estar revistando cada canto do hotel à sua procura. Terminou o livro e ainda faltavam trinta minutos para o final do grupo. Percebeu que o jovem rapaz responsável por determinar quem podia ou não participar da reunião já não estava lá. Sem titubear, juntou o livro e os papéis, jogou tudo apressadamente na bolsa que recebera do congresso e correu em direção à sala. Iria aguardar o término, já no interior do recinto. Uma maneira de garantir que sua Makota – já a sentia assim – não se fosse, sem que conversassem e marcassem um encontro pós dia de congresso.

À medida que corria – estava a uns vinte longos passos de distância – um temor crescia em sua mente. Ansiava que Letícia não aparecesse e que o jovem não regressasse. Mão na maçaneta, porta aberta. *Uff! Cheguei!* A fração de segundo de felicidade foi subitamente trocada por frustração. A sala estava vazia. Não conseguia atinar com o motivo. Estivera quase todo tempo montando guarda à distância, ninguém havia saído dali. Decidiu então procurar o responsável pela sala. Ao sair, divisou um pequeno cartaz. *We are in room 1702-B.*

Agora entendera por que o rapaz não estava lá, não havia o que guardar. Estava no segundo andar. Impossível tomar as escadas. Enquanto aguardava o elevador, sentia o pavor da possibilidade de Letícia surgir do nada. À medida que se aproximava a hora do final dos grupos, os elevadores iam enchendo, bem como a sala do *coffe break*. Pensou em aguardar, ali, a volta da mulher por quem já estava apaixonada. Ou melhor *disinsufrida*, como diria a avó. Não queria correr o risco. Num congresso daquela monta, certamente haveria outra sala de *cofree break* mais acima.

A imagem da cintura da Makota não abandonava sua mente. Já se imaginava enlaçando-a e vendo-a menear ao ritmo de seu agogô. Sim, Teresa Helena era amante do sexo ritmado. No início ou no final, fazia sempre uma sessão de dança, ao som do instrumento que sempre trazia em suas malas. Era como um ritual de acasalamento, onde ambas se exibiam, dançando e se desnudando, à medida que iam produzindo sons e cantos elaborados naquele momento. Assim, as moças iam se soltando e quando finalmente o sexo principiava era mais que um toca, pega, chupa e geme. Um balé em homenagem às ancestralidades africanas, onde o ritmo se coordenava a partir do que cada corpo ia dirigindo no espetáculo. Por isso, sempre que possível, Teresa Helena namorava mulheres de religião de matriz africana. E eis que surge Makota, assim, do nada. Estava segura de que seu agogô abandonaria a mala, naquela noite.

Quase dez minutos e nenhum elevador vazio. Finalmente entrou. Bem a tempo de divisar Letícia que se aproximara correndo para o elevador, ao vê-la. Portas cerradas. Estaria livre por mais um tempo. O elevador parou em quase todos os andares – *Desce?* – perguntavam as participantes do congresso. Todas desejosas de sair do edifício para aproveitar o entardecer na bela cidade de Buenos Aires, antes de regressarem para uma das grandes e esperadas conferências do evento às vinte horas. O tema, *Sexualidade, orientação sexual e direitos humanos dos povos negros e periféricos*, havia sido mudado de auditório três vezes, mediante o número de inscrições que não parava de crescer. A palestrante era uma pesquisadora aborígene australiana, considerada a grande referência mundial no tema. Detentora de vários prêmios internacionais, antes de qualquer palestra, fazia uma breve apresentação sobre a história de seu povo e aproveitava para dizer que na Austrália também há negros. E que ela é parte integrante deste grupo.

A porta do elevador se abriu e diante dela um longo

corredor com várias portas largas. Teresa Helena reconheceu que eram pequenos auditórios. Pela numeração, viu que o *1702-B* estava na extremidade oposta de onde ela se encontrava. O acarpetado corredor dificultava seus passos com saltos altos pontiagudos. Ia o mais rápido que conseguia. Esperava que o encontro ainda não houvesse acabado. Assim, poderia entrar e ao final fingir um interesse no tema e se aproximar para perguntar. Sim, ainda estavam lá. Entrou justo a tempo de ouvir Makota Neuzineide, em sua voz firme e ao mesmo tempo suave. – Bem senhoras e senhores! Terminamos aqui. Como combinado a comissão de redação se reúne hoje à noite, para a escrita de nosso documento final. Já temos o e-mail de todas. Enviamos e aguardamos até amanhã para redigirmos a versão definitiva a ser apresentada na assembleia final, em quatro dias. Tudo bem?

Pronto, já sabia o que fazer. Inserir-se na comissão de redação, embora não houvesse participado do grupo e não tivesse a menor ideia do rumo da discussão. – *O Congresso estabelece o máximo de cinco pessoas por comissão e já estamos completas.* Dizia uma jovem baixinha, com cara de estudante que movia insistentemente os cabelos loiros ao falar. Mentiria se negasse que sentiu ímpetos de mandá-la à merda. Conteve-se.

Finalmente acercou-se de Makota, que, embora envolta em vários anéis de mulheres desejosas de falar com ela, lançou um olhar de muitas traduções, em direção à Tereza Helena, que imediatamente lembrou-se de Agathinha.

Essa gata olha pra gente com um olhar pidão. Que coisa. Era a avó implicando com a Agathinha, que insistia em encará-la enquanto comia. Makota também se comunicava pelos olhos. Agora era só esperar que os assédios diminuíssem e pudesse se aproximar para convidá-la para o *coffee break* e de lá para um jantar. Teresa Helena já havia planejado a sequência do ataque e mesmo a cor da calcinha da noite. A moça parecia filha de Oxum. Sua beleza esfuziante e seu ar firme de liderança davam pistas neste sentido. A calcinha amarela, comprada antes de viajar, seria estreada antes do raiar do novo dia. Teresa Helena era daquelas mulheres de imaginação fértil. Notadamente se estivesse interessada em alguém. Não foi diferente com Makota. Naquela noite a faria dançar ao ritmo do Candomblé Angola, em seu suntuoso quarto de hotel. Como fazia parte da delegação brasileira representante de sua universidade, a organização do hotel a colocara numa suíte. Ao entrar, pensou de imediato: *Que desperdício, ficar aqui sozinha.*

Enquanto Teresa Helena, como felina predadora, aguardava que sua paquerada se desocupasse, Letícia seguia dando voltas e perguntando a todas se haviam visto sua ex-namorada. Sim pensava desse jeito. O que teria deixado Teresa Helena desesperada pela exibição pública de sua cama. Logo ela, tão cuidadosa. Já fazia tempo que Letícia se posicionava pela defesa do lugar não binário de gênero. Para tal, transformou seu corpo como mensageiro desta sua visão de mundo – A humanidade não pode ser dividida em rosa e azul. – dizia com frequência em suas palestras. Em sua cruzada contra a cisnormatividade decidira ter nas vestimentas sua mensagem. Alguns dias era a negra gostosa com vestidos colantes realçando suas curvas. Em outros, tênis, camisas compradas em lojas masculinas e bermudões tomavam sua vez. Muitas vezes foi a aniversários familiares de ternos, gravatas e sapatos iguais aos dos irmãos. O que mais a fazia sentir-se bem era misturar o chamado guarda-roupa masculino com o feminino.

Um ano antes de engravidar de sua única filha, Letícia decidiu procurar uma especialista para poder tomar hormônios e deixar crescer um cavanhaque. A cada pelo diariamente cuidado, uma nova festa, diante do espelho do amplo banheiro de casa. Quando finalmente percebeu que estava pronta, convidou um ex-namorado, e atual amigo, para ser o pai de sua cria. Pouco antes desta decisão, conheceu Teresa Helena que se encantou com o belo afro e a elegância não esguia da palestrante, trajando um conjunto de blazer e calça feitos de capulanas. Se viram, se identificaram e se admiraram. Afinal, eram as únicas negras, numa delegação de duzentas e cinquenta pessoas brasileiras, naquele congresso na sede da ONU em Genebra.

Acabaram na cama, naquela mesma noite. Não sem antes ouvirem Billy Holiday, com um belo vinho. Naquela época, o agogô ainda não era companheiro de viagem de Teresa Helena. Este foi incorporado após ver um filme pornô lésbico, onde a personagem principal atraía suas presas dançando balé.

Decidiu, então, africanizar seus momentos de sexo. Assim, o pequeno instrumento de percussão passou a ser convidado.

Em virtude de discutirem temas próximos e estarem articuladas nas mesmas redes de ativismo, acabavam se encontrando mundo afora. Assim ficaram durante quase uma década. Nunca se viram fora do mundo congressista. Pouco sabiam uma da outra, mas sentiam-se em relacionamento sério, até o final de um encontro e início de outro. Tinham seu próprio mundo. Um dia se acabou. O ingresso de Teresa Helena no mundo da academia levou-a a viajar por outras áreas diferentes das de Letícia. Foram se encontrando cada vez menos. As correspondências entre elas foram aos poucos diminuindo e assim ficou, sem que houvesse necessidade de maiores explicações.

Mas, Letícia não se conformava. Com o advento das redes sociais, sabia exatamente onde encontrar Teresa Helena. Por atuar numa ONG, dispunha de maior mobilidade. Apoiada por sua organização ou com recursos próprios, encontrava sempre uma maneira de juntar-se à sua ex-amada. Ansiava pelo som do agogô, que chegou a conhecer – quase ao final da relação – , e por sentir seu poder de ligá-la a uma libido ancestral. Lembrava de Teresa Helena quase em ritual tocando levemente seu corpo, solicitando permissão para se aproximar e entoando uma música sussurrada que ia levemente sendo desenvolvida enquanto os sentidos da amada iam sendo invocados um a um. Era deixar-se levar numa ansiedade agitada provocada pela dança anteriormente performada por ambas. Agora que o corpo pedia movimento enquanto o canto em wolof determinava relaxamento e entrega. Desta confusão de sentidos brotava o intenso desejo de desobediência que se instalava no fundo da vagina e a fazia querer devorar a amada. Num ato contínuo, os papéis eram trocados. Ela era a maestrina. Teresa Helena, como que cansada de reger a orquestra, depositava o instrumento e se fazia tambor onde a companheira retirava as mais sofisticadas notas emanadas através de seus gritos desesperados: *Mais, mais, não para, não para, mais, por favor...*

Disparara a galopar, sem esperar a companheira. Seguira em viagem, até que uma voz ao longe, vagamente distinta, apelava em sofreguidão: *Segura, segura, me espera. Goza comigo.* Difícil diminuir o galope. Já muito à frente, voltava a ouvir: *Estou chegando, estou chegando. Ai. Gozei!!* Impossível esquecer aquelas noites de congresso e toda teatralidade de fingirem-se meras conhecidas no dia seguinte, apenas com uns pequenos intervalos de visitas cumpliciadas ao banheiro. Um pequeno petisco preparatório para a noite de recitais. Mesmo não estando mais juntas, Letícia ansiava experienciar este momento uma vez mais. Daí a quase perseguição à antiga amada. Era uma demanda de seus ouvidos, corpo e intimidades.

Mais de trinta minutos se passara desde o final do grupo e Makota Neuzineide seguia dando atenção às muitas solicitações. O grupo já se reduzira sensivelmente. Das cerca de trinta anteriores só restavam duas. Tereza Helena se levantou e se aproximou calmamente. Desejava demonstrar que não tinha pressa e que sabia esperar. Felizmente a segunda mulher era só acompanhante da primeira, o que abreviou a conversa. Agora era sua vez. Só ela e aquela Nefertite Brasileira. – Então, Makota... – Iniciou como se estivesse continuando uma conversa anterior.

– A senhora me desculpe a ausência no seu grupo. Tentei ingressar, mas não me permitiram.

– Ah! Bem que senti a sua falta. – O coração estava saltitante. A Makota Neuzineide pensara nela. Agora era sua vez de atuar.

– Aonde a senhora vai agora? Tem algum compromisso? Já passou da hora do coffe break. Podemos ir tomar um vinho num restaurante aqui perto?

Makota, do alto de sua realeza, consultou a agenda do celular e respondeu: – Até o horário da palestra estou livre. Mas prefiro uma cafeteria. Dizem que há muitas em Buenos Aires.

Certamente, não longe daqui há uma muito famosa, a Café Tortoni. São cinco minutos de táxi, em linha reta. – Me falaram de outra mais perto – argumentava a linda senhora.

– Sim, mas deve estar lotada a esta hora, com todo o povo do congresso. O Café Tortoni será mais rápido.

Em verdade, Teresa Helena queria evitar interrupções por parte dos conhecidos dela e os de Makota. E também impedir que Letícia invadisse a mesa e se introduzisse no assunto, mesmo não havendo sido convidada. Desejava a suposta filha de Oxum só para si.

Acordado que iriam ao famoso local, saíram da sala e se dirigiram ao elevador. Uma pequena fila e logo começaram a descer. Embora não estivesse cheio, Makota não se afastou quando Teresa Helena fingiu dar espaço a alguém e se aconchegou sentindo o roçar de seu braço com alguns pelos. O arrepio e a imaginação foram inevitáveis.

Se ela não depilava o braço, como seriam as demais regiões. Teresa Helena era adepta da não raspagem. Aprendera com Letícia: – *Seus pelos pubianos protegem de infecções. Não raspar é muito mais higiênico.* Finalmente parou de sofrer com ceras quentes que a deixavam queimada e dolorida. Ia pensando encontrar uma bela cabeleira nas regiões mais escondidas de sua Makota. Uma umidade familiar começava a ser sentida em sua calcinha. Por precaução usava absorvente, quando com calças compridas, como naquele dia.

Ao sair do hotel, foram recebidas pelo belo sol do tardio entardecer da capital portenha. Vários táxis estavam à frente. Uma pequena fila apontava a vez de embarcar. Umas cinco pessoas as antecediam. Seguiam conversando e apresentando mútuas análises sobre o congresso, que estava no seu segundo dia. No momento em que iam embarcar, como por miragem, surge o mesmo homem branco. – Makota, estava desesperado buscando pela senhora. Ya Anastácia de Ogum chegou e nós vamos aproveitar para conversar com ela, um pouco. Já está todo mundo lá na sala 08 da sobreloja.

Ambas se entreolharam. Teresa Helena tomou a inciativa. – Tudo bem, Makota. Nos vemos mais tarde, na palestra. – O homem novamente – com uma intimidade exasperante para Teresa Helena – tomou a bela mulher pela cintura, deu um beijo na face e a reintroduziu no hotel desaparecendo no hall dos elevadores.

Tereza Helena, que já estava com tudo calculado, ficou meio sem rumo. – Vai embarcar, senhora? – Perguntou o taxista num português meio atravessado. Ela fez um aceno negativo com a cabeça e andou até o seu hotel, a cinco quadras de distância. A agradável brisa e uma *media luna* de *jamon y queso*, adquirida numa das padarias no caminho, ajudaram a levantar o seu astral.

Ao pensar na sua futura amada, seu corpo respondeu imediatamente. Precisava iniciar um diálogo e se tornar íntima daquela gata, recém- encontrada. Nesse momento, a linda cama a chamava para compartilhar o seu início de parceria com o novo amor. Resistiu. Decidira conservar o amplo móvel intacto aguardando o pós jantar e a visita de Makota naquele amplo e convidativo cômodo. Não tinha dúvida, a convenceria a passarem a noite juntas. Recostou-se no sofá, colocou a mão vagarosamente sob a roupa, em cima de seu peito esquerdo. Era sua maior zona de prazer. Com a mão direita ia se tocando e, com a esquerda, arredava a roupa. Os olhos se fechavam à medida que as pernas faziam o movimento contrário. Seu clitóris imediatamente se fazia partícipe da festa de luxúria.

Cada mamilo foi respondendo e se agrandando, deixando ver, a quem pudesse estar ali, toda a amplidão de suas respostas. A mão instintivamente recorria em busca de sua peluda vagina que já se preparava para se umedecer, sabedora de que em breve um agudo e profundo som seria emitido por aquela mulher em completa consonância com seu desejo de plenitude. Deixou-se ficar num quase torpor e a pensar que agora já aprendera a dar-se prazer sem necessariamente contar com o apoio imagético de alguma mulher conhecida. Orgulhosa, repetia de si para si: *Eu me basto*.

Lembrou-se de que uma série de compromissos a aguardavam em suas redes sociais. Alunos solicitando notas dos exames parciais e confirmações de reuniões de departamentos, entre várias outras. Já havia preparado a palestra do dia seguinte. Mas sempre gostava de dar mais uma revisada nos *slides*. Salvou-os em dois diferentes *pendrives*, por segurança. Depois, aproveitou para complementar um artigo que entregaria dois dias após o congresso, era o prazo final de uma importante revista acadêmica.

No afã de atender a todas as demandas profissionais, descuidou-se da hora. Só faltavam vinte minutos para o início da concorrida palestra da Dra. Antara Neridah Miki que, segundo voz corrente sempre, se preocupava em traduzir seu nome que significa *doce melodia da flor da lua*, numa das mais de trezentas línguas de seu povo, os aborígenes australianos. Tereza Helena, sabedora do grande número de interessados no tema e na oportunidade única de ver uma mulher negra australiana, tratou de inscrever-se para assistir, ainda antes da viagem, a partir de sua casa, no Rio de Janeiro. Agora, estava ameaçada de perdê-la, por haver estado absorta em suas muitas lides de professora universitária.

Vestiu-se apressadamente com um dos seus vestidos feitos por um dos muitos costureiros espalhados num dos vilarejos nas imediações de Dakar, no ano anterior. Estivera aí, para o aniversário de uma amiga brasileira que se casara com um senegalês e fora viver no continente africano. Decidiu-se por colocar uma sandália mais confortável para poder empreender uma caminhada mais célere nos quarteirões que a separavam do hotel da conferência. Tomou um banho rápido, perfumou-se, amarrou um turbante e sentiu-se uma verdadeira Rainha de Sabá. Foi ao encontro da rainha Makota. Não sem antes deixar uma calcinha rendada e uma bela camisola, ao lado do agogô, sobre a cama. Sobre o móvel onde repousava o abajur, deixou um pequeno frasco de óleo de canela para massagear sua amada, caso a noite se estendesse em doses múltiplas, após a sessão sonorizada.

Tereza Helena era interessada no tema da palestra daquela noite: *Sexualidade, orientação sexual e direitos humanos dos povos negros e periféricos*, embora não fosse seu tema principal de pesquisa. Não queria perder o momento inaugural da apresentação da australiana, quando ela tomava os primeiros dez a quinze minutos para dar uma pequena aula sobre história e cultura aborígene.

    Entrou atrasada no auditório de três mil pessoas. A palestra não havia começado. Conseguiu um dos últimos lugares vagos. Impossível ver sua amada. Pensou no truque de andar pelo auditório se deixando ver. Havia assim a possibilidade de ser chamada por Makota Neuzineide. Intento completamente impedido. Todos os corredores, entre os assentos, estavam ocupados com pessoas sentadas no chão e de pé contra as paredes. Teria que esperar o final da conferência. Assistiu e anotou cada um dos importantes aspectos, análises e informações trazidas pela palestrante. Quando percebeu que se aproximava a hora do fim da intervenção, levantou-se e foi postar-se junto à porta. Não iria perder a oportunidade encontrar aquela que já era partícipe de seus sonhos sexuais. Agora só faltava colocá-la na realidade. Menos de cinco minutos ficou ali, fingindo buscar algo no celular e ouviu as palmas no interior do auditório. Pronto, era a hora de rever sua tão cobiçada dama. A porta ampla deixava que as pessoas saíssem aos borbotões. Não era possível vê-las uma a uma. Ainda assim, não perderia a sua deusa. Foi o tempo de ouvir o anúncio vindo do interior da sala de eventos: *Por favor, temos também mais outras quatro saídas, duas à direita e outras do lado oposto*. Cerca de vinte minutos depois, o auditório já vazio e ela seguia ali. Despertou quando um toque no seu ombro a fez assustar-se. – Você vai ficar aí, tem um grupo de afrofeministas brasileiras que vai tomar um vinho aqui perto. Vamos? – Era Letícia. Sempre surgindo nas horas mais inesperadas.

– Sim, vamos – respondeu meio automaticamente. Afinal, já perdera a Makota. No restaurante, tratou de sentar-se longe de Letícia, sob a desculpa de afastar-se do ar condicionado. Sempre foi alérgica. Em verdade, queria evitar os roçados de pernas e as mãos por sob a mesa, que Letícia adorava praticar embora o rosto seguisse demonstrando total interesse na conversa do grupo. Era uma aventura que a animava para o pós-palestra, enquanto estiveram juntas. Agora, só desejava fugir. Seu corpo já era de outra. Fora até ali, na expectativa de que Makota se assomasse ao grupo. Embora não tivesse ideia sobre se ela se identificava como feminista.

Já era tarde quando retornou ao hotel. Aproveitou uma ida de Letícia ao banheiro para depositar a quantia relativa à sua despesa e sair sorrateiramente sem despedir-se. Apenas avisou a uma das amigas do grupo. Cansada como estava, afastou os artefatos para um lado e tratou de instalar-se embaixo do elegante lençol. Acordou com o despertador do celular. Pediu o café no quarto. Não queria distrair-se conversando no *breakfast* do hotel. Havia muita gente conhecida. Gostava de se manter focada, antes de proferir uma palestra. Tereza Helena tinha uma mesa redonda, nas primeiras horas da manhã. Na mesa intitulada *Mulheres negras e os estudos sobre mulher e ciência na América Latina*. Dividiria a mesa com outras duas pesquisadoras: uma da República Dominicana e outra do México.

Estava tranquila. Sempre se apegava a Exu, quando ia fazer alguma apresentação. Aprendera com sua mãe que este é o Orixá da comunicação. Havia ido ao Terreiro antes de viajar e feito todos os rituais requeridos pelo Orixá mensageiro. A mesa redonda acabou com mais de uma hora de atraso, embora houvesse iniciado no horário exato. O interesse dos presentes por um tema tão novidoso fez chover a quantidade de perguntas. Tinha tempo para um breve almoço, livrar-se de Letícia – que já estava à espreita na primeira fileira – e seguir para o grupo de trabalho que ela iria coordenar. Almoçou no bufê do evento, no Hotel com Letícia e algumas amigas que havia muito não via. Embora breve, saiu do restaurante muito feliz com aqueles encontros. Combinaram de ir a uma boate, após o jantar. Aceitou para ser gentil. Embora amasse estar com aquelas antigas companheiras de movimento social, sabia que a noite já tinha dona: Makota Neuzineide.

Pegou o elevador e foi até a sala 1702-B. A mesma da tarde anterior. Ao entrar, já havia algumas pessoas aguardando. A sala era toda um único perfume: o da sua Makota. Haveria estado ali, ou eram seus sentidos traindo sua razão? Tratou de dar início ao grupo. Trabalhando, esqueceria aquela visão. Um grupo de cinquenta mulheres se fez presente. Uma multidão, considerando o grande número de atrações ocorrendo naquele horário, incluindo os muitos turismos possíveis na capital portenha. Embora houvesse uma jovem estudante designada para a tarefa, Letícia tomou para si a responsabilidade de secretariar a reunião. Era a sua oportunidade de posar de primeira-dama. Ao final, ficou acertado que se reuniriam, no dia seguinte, pela manhã, para finalizar as proposições do grupo e apresentar na plenária final, durante o encerramento do congresso.

Sentou-se com Letícia para conversar um pouco. Sabia ser necessário fazê-lo, para aplacar a eterna carência da ex-namorada. Ouviu as histórias. Riu com umas, chateou-se com outras, mas estava ali, inteira para a antiga mulher de seus sonhos. Conseguiu um ângulo a partir do qual pudesse ver todo o movimento fora do restaurante. Caso Makota passasse, ela certamente dispararia em seu encontro. Mentiu para Letícia dizendo-se cansada após um longo dia de responsabilidades e que iria para o seu quarto terminar um trabalho. Foi o tempo de retornar ao hotel, tomar uma ducha, ligar a TV e descansar ao menos por meia hora. Partiu para a boate. Mas, antes, deu uma rápida passada no restaurante do hotel onde acontecia o encontro. Muitos dos participantes do evento estavam ali. Era fácil identificá-los, pelo uso do crachá. Num palco, um casal dava um show de tango. Uma jovem, ao piano, executava o ritmo que embalava os artistas. O restaurante à noite tomava outro ar, com as luzes quase em penumbra. Entrou e se encaminhou para o final, mais atenta à *performance* do casal.

Neste momento ouviu uma voz: – Onde vais, senhora? Pelo visto gostas de tango. Estás sozinha?

Não seria possível. Ou sua audição estava caçoando dela, como o fizera o olfato, naquela tarde, antes do grupo de trabalho? Estava quase que paralisada. Teve que fazer um esforço para comandar o corpo e voltar-se para a emissora da pergunta.

– Sim, gosto muito – respondeu, quase a mesma menina das brincadeiras com a avó. Ali estava ela. Sozinha a uma mesa, toda sua: Makota Neuzineide. – *Sim, estou sozinha*. – conseguiu emitir com certo esforço, respondendo a segunda pergunta e se encaminhando para a mesa. Ficou de pé. – Sento? Fico? Espero? Perguntas que saltavam e se estampavam em sua cara assustada.

– Sente-se aí, menina. – Finalmente. Séculos esperara pelo convite. Para melhor ver o palco, removeu a posição da cadeira e sentou-se bem junto à elegante senhora. Conseguia farejar, como bichana faminta, o perfume de sua acompanhante. Feitas as devidas apresentações, agora sabia que Makota era de Pernambuco e vivia em Nova York. Viaja ao Brasil três vezes ao ano para cumprir obrigações no seu Terreiro, no Rio de Janeiro e visitar a família. Seguiram numa agradável conversação, mesmo após o final do show. Embora sem desculpas para proximidade, nenhuma das duas se separou. O leve encontro dos pés sob a mesa, dava mostras de que a nordestina estava aberta aos afagos. Tereza Helena sentiu-se estimulada a prosseguir.

– Eu tenho um vinho especial que comprei aqui, lá no meu hotel. Quer ir até lá? Não me arrisco a levar na mala e perdê-lo.

– Eu amo os vinhos argentinos. Vamos sim. Mas tenho que voltar cedo. Estou coordenando uma reunião de mulheres de Axé, amanhã pela manhã.

– Bingoo. O agogô vai ressoar esta noite. – Saíra tão cedo, que não tivera tempo de fazer a exposição dos objetos sensuais sobre a cama. Não havia problema, trocaria a ordem do ritual sensual. O frasco seguia à sua disposição. Iniciaria por ele.

Conversaram um pouco mais e decidiram ir caminhando até o hotel de Teresa Helena. Pareciam grandes e antigas amigas. Riam muito juntas. Numa dessas gargalhadas, uma dobrada de corpo para a frente e de repente estavam abraçadas. O beijo foi o passo seguinte. *Meu Deus. Que língua! Macia, suave, demorada e certeira na demonstração de longa experiência naquele mister.* Analisou rápida e secretamente a professora universitária. Ainda faltavam três intermináveis quarteirões, um *hall* de entrada e um lento elevador até que chegassem à alcova e ao óleo de canela. Tomou da mão da poderosa senhora e apressou o passo. Já sentia aquela língua invadindo todas as suas secretas regiões mais sensíveis, acariciando, explorando e estimulando o pico último até fazê-la miar diante das novas sensações prazerosas.

— Eu vou te descobrir lenta, gradual e maneiristicamente. Vou iniciar na ampla banheira do meu quarto. — Helena prometia com os olhos, em direção àquela deusa do nordeste brasileiro. Assim, iam ambas intercalando juramentos silenciosos de uma vulcânica noite de trocas.

Uma breve espera no balcão para a entrega das chaves e se encaminharam para o elevador. Eis que aparece Paulo. Tereza Helena já descobrira seu nome, na conversa ao som do tango e que era um antigo namorado, que insistia em se fazer presente. Makota, tal qual Teresa Helena, não tornava públicos seus afagos com as mulheres.

— Estou certa de que ele sabe. Mas finge que não entende. — dizia ela, melodiosamente, entre um e outro gole de vinho, ao som da voz de Gabino Ezeiza, ouvida ao longe.

É a versão Letícia, masculina, branca e hetero. Pensou, mas não verbalizou. Não queria abordar seu passado.

Paulo, com seu jeito loiro de ser, encaminhou-se para as duas na certeza de seu poder. *Makota*. Dizia sorrindo e triunfal. *Este seu celular que não atende.*

Teresa Helena farejou derrota. Preparou-se para a batalha. Não iria deixar que levassem sua rainha, uma vez mais. Paulo era apenas um soldado.

Ele agiu como se a professora ali não estivesse e prosseguiu: — Ya Anastácia está aqui neste hotel. Ela quer ajudar a organizar a reunião com as mulheres de axé, amanhã.

— Muito prazer, sou a Dra. Teresa Helena, da Federal

do Rio de Janeiro – falou e apertou firmemente a mão de Paulo. Despreparado, encolheu o braço. Sentira dor. Tereza era versada nas artes da capoeira sabia como mandingar, quando era necessário. Percebeu um relance de dúvida em Paulo. Era o momento do pulo felino.

– Tenho um trabalho sobre as matriarcas do Candomblé Angola no Sudeste que quero mostrar para Makota e ouvir sua opinião – atalhou Teresa Helena, antes da recuperação do outro.

Ainda cambaleante, o outro se ergueu da pernada e aplicou outra que resvalou sobre a cabeça de Tereza Helena.

– Ah! Que interessante. Este é justamente o tema de minha pesquisa de mestrado. Gostaria muito de dar uma olhada – respondia o perigoso oponente.

Não iria perder aquele jogo. Decidiu intensificar a luta. E com um ar soberbo de pós-doutora diante do mestrando.

– Aqui está meu cartão. Me envie um e-mail que podemos conversar. Vamos, Makota Neuzineide? – Tomou da cintura da senhora do Candomblé Angola, e se dirigiram ao elevador, agora vazio e com as portas abertas a esperar por elas. Deixaram Paulo atônito parado no *lobby*. Teresa Helena podia pressentir o olhar de encantamento de sua nova namorada. Ela sabia que havia desempenhado um marcante e elegante papel. O território era seu.

Assim, chegaram ao andar, onde tudo iria acontecer.

Estavam indóceis. Logo estariam uma nos braços da outra, sem possíveis interrupções e sem testemunhas.

– Que corredor comprido? Onde é o seu quarto? – perguntava a nordestina dando ares de que a ansiedade era mútua.

– O último do corredor. – informou Teresa Helena, enquanto ia manhosamente alisando a palma da mão da imponente rainha.

Abriu a porta e decidiu entrar primeiro, para poder fazer um gesto de gentileza. Iria ajoelhar-se ao deixar passar a rainha. Quando Makota ia dar o segundo passo, uma voz foi ouvida: – Makota Neuzineide, a senhora está hospedada aqui? Há quanto tempo?

Era a Iyakekerê da casa de Ya Anastácia: – Eu estou indo me reunir com minha mãe. Ela quer organizar algumas coisas para a reunião de amanhã. Pensei que a senhora já estivesse lá.

– Sim. Eu já vou. Apenas vou dar uma olhada num texto de minha amiga aqui e já desço. – A resposta deixava transparecer uma certa dúvida. Imediatamente notada pela interlocutora, que se aproximara da porta, bem a tempo de Teresa Helena se levantar do chão.

– Ah! Tudo bem. Espero pela senhora. – disse e entrou no quarto sentando-se em uma das cadeiras. Dando mostras de que não sairia dali sozinha.

Como não tinha nenhum texto para exibir, Teresa a convidou para compartilharem o vinho. O que foi imediatamente aceito pela inesperada visitante. Após esvaziarem a garrafa, a visitante intrusa saiu dali levando seu troféu: a tão solicitada Makota.

Aquela era a última noite do congresso. Teresa Helena costumava ficar um ou dois dias além do final do evento, para aproveitar a cidade, onde estivesse. Desta vez não seria diferente. Talvez pudesse finalmente livrar-se do séquito de amantes de Makota e aproveitar as maravilhas da cidade, numa lua de mel regada por vinhos, *empanadas, media lunas e parrilladas.*

Acordou cedo e se deu conta de que não haviam trocado contatos. Não tinha como encontrá-la. Decidiu procurar pela reunião das mulheres de axé. Encontrou algumas no café da manhã, mas ninguém sabia dizer onde seria. Procurou a secretaria do congresso. Foi informada de que muitas reuniões paralelas foram organizadas pelos diferentes grupos. Esta deveria ser uma delas, pois não constava da programação oficial. Naquele momento, sentiu desejo de encontrar o Paulo. Ele, certamente, saberia dizer.

– Você está a caminho da reunião de sistematização de nosso grupo de trabalho? – Era Letícia, que como sempre surgia do nada. Com todos os eventos da noite anterior, Teresa Helena esquecera-se completamente do compromisso. Intimamente agradecia a importunação da antiga namorada.

– Sim, claro. Onde é mesmo? – E se encaminharam a uma pequena sala, naquele mesmo andar. Conseguiu fechar o documento com pouco mais de uma hora. Ainda sobrava uma parte da manhã, para tentar descobrir a tal reunião. Viu-se obrigada a perguntar à Letícia se tinha conhecimento do local.

– Não sei. Mas ouvi dizer que será numa casa de axé, fora de Buenos Aires.

Ficou sem fôlego. Sua aparência era de total desolamento. Letícia percebeu e decidiu averiguar.

– Você iria a esta reunião? – inquiriu procurando analisar as expressões da antiga namorada e eterna amada.

Não conseguia atinar com as palavras da antiga namorada. Só imaginava uma maneira de chegar àquela reunião. Já era quase o horário do almoço. Estariam lá? Certamente. Não se vai a uma casa de axé para sair sem comida. Em Buenos Aires não seria diferente. Àquela hora, deveriam estar numa grande cantoria de samba de roda, lembrando as muitas tradições afro-brasileiras passadas por gerações através dos cantos.

– Vou m'mbora pru Sertão. Ô viola meu bem, violaaaa. Eu aqui num mi dô bem ô viola meu bem violaaa. – Era a saudosa memória do povo no samba de caboclo nas manhãs de domingo, depois de uma noite inteira da candomblé, na infância e juventude de quem nascera e fora criada num terreiro. *Como seria na Argentina?*

– Teca. Você está me ouvindo? Vamos almoçar? A essa hora já acabou a reunião. Vamos aonde? – A insistência de Letícia a fez voltar de suas doces lembranças.

— Sim, pode ser. Mas vamos rápido, tenho que estar na plenária final. Vamos almoçar aqui mesmo no hotel.

Já iam entrando quando Teresa Helena viu sair de um táxi a Ya Anastácia. Decidiu perguntar.

— Mukuiú, minha mãe. — Assim se saúdam os da Nação Angola. — Sou amiga da Makota Neuzineide. A senhora sabe se ela já voltou da reunião de hoje pela manhã?

— Mukuiú no Zambi. — respondeu a senhora sacerdotisa. — Não, minha filha, ela nem foi à reunião. Você imagina? Viajou hoje cedo. O marido dela levou um tombo em casa. Ele tem o maior xodó. Não vive sem ela. Makota já voltou para Nova York.

FILHA DE OBÁ

Era uma daquelas muitas viagens que ambas faziam, pelo menos duas por ano. Uma internacional e a outra para descobrir paraísos nacionais. Naquela ano, se viram obrigadas a mudar os planos. Havia um compromisso de trabalho. Tinham que chegar ao interior da Região Norte, em dez de janeiro.

O caos aéreo obrigava que a viagem, a partir do Rio de Janeiro, se transformasse em tormento e um risco. A televisão mostrava diariamente as pessoas , semanas a fio, jogadas nos pisos frios dos aeroportos. A classe média brasileira mendigava uma vaga no próximo voo de data e horários indefinidos. Após uma bela oferenda a Exu e outra a Ogum, os donos dos caminhos e estradas decidiram ir de ônibus saindo do Rio de Janeiro, com um mês de antecedência. Ana fez também um agrado para Obá, sua mãe de Cabeça. Elizabeth e Ana decidiram que fariam percursos que durassem no máximo doze horas de viagem. Ana se apavorava diante da possibilidade de passar uma noite num ônibus. A escuridão da estrada a intranquilizava.

A primeira parada foi Vitória, a capital do Espirito Santo.

Após alguns dias comendo moqueca de banana-da-terra e curtindo Guarapari, seguiram viagem. Momento seguinte, o sul da Bahia. Adoraram o fato da imensidão das praias e a ausência de tumultos. Poucas pessoas nas águas. Totalmente diverso do Rio de Janeiro, naquele período.

Ali, num daqueles paraísos, numa pequena barraca na areia, em frente a uma vila de pescadores, Ana se pôs a cantar e sambar para um pequeno grupo de velhinhos, tomando cerveja. Extasiados com a voz e as nádegas da "morena carioca", tentavam ensaiar uns passos do ritmo, apesar do indefinido chão arenoso.

– Período de férias. Melhor não fazer discurso político. Seja morena só hoje. – implorava Elizabeth, ao pé do ouvido da ativista do movimento de mulheres negras. Cerveja boa, prosa amigável e um fã-clube recém-conquistado, além da voz romântica da gringa amada, a convenceram a "deixar passar".

Elizabeth, que dos dez anos vividos no Brasil, após deixar os Estados Unidos, por cinco estava casada. Ana, já pressentia que aquela conversa voltaria ao tema, quando chegassem ao hotel.

– Para você, que se acha branca, é fácil dizer que eu me deixe ser morena. Certamente, você ainda não entende nossa luta por afirmação de identidade.

Nessas horas de prenúncio de embate, Elizabeth corria ao banheiro, tomava um banho rápido, colocava uma roupa sensual e reaparecia no quarto.

– Sim. É isso mesmo, se você fosse negra saberia que...

Estratégia certeira. A ativista sempre se transformava em ação sensualizada. Ana se derretia na paisagem e adiava a preleção para mais adiante. Afinal, sua mulher estava pronta para mais uma longa sessão de cumplicidade em que a libido daria o tom do momento. Após horas de troca de prazer, aconchegavam-se prostradas, revivendo cada cena recém-protagonizada. A mera lembrança as fazia orgasmar em uníssono. Dormiam em paz.

Novas malas, novo ônibus, nova estrada. Só mais cinco horas e seguiam no litoral da Bahia. Desta vez, numa cidade em que a atração principal era deixar-se fotografar ao lado de um famoso escritor, que ali vivera. Nova praia e mais uma extravagância da natureza, totalmente entregue às areias, gaivotas e coqueirais. Humanos, se já houvessem estado ali, nunca haviam deixado pistas. Águas, daquelas em que se entra, se anda até não querer mais e a água segue nos joelhos. A solidão a duas fez florescer o despudor. Ajoelharam-se nas águas mansas, quase em adoração à Deusa Isis. A parte superior do biquíni foi a primeira a abandonar os corpos. O sabor salgado das mamas de Ana deixavam à Elizabeth a certeza de que o mundo era líquido, com generosas quantidades de sal. Via sua mulher aguar-se de prazer, agora com a cumplicidade da Princesa de Aiocá. Já não era Ana. Era uma sereia que com seu canto encantado em forma de gemidos se deixava boiar a caminho do infinito. As águas e suas deusas foram conclamadas, naquela tarde de verão nordestino. Na magia do mundo não terreno, ambas adentravam cada vez mais no reino de Janaína.

Ao longe, uma voz, originária da praia sem gente, vinha na lentidão da brisa marítima:

– Voooltaaaa.

Impossível. Estavam em pleno ato de morte /vida de prazer intenso. Não conseguiriam interromper. Só um movimento era possível, tocar-se e deixar embalar pelos braços de Dandalunda.

– *Voooltaaaa* – seguia a advertência. Ouviam, mas não entendiam o significado da palavra. Estavam no mundo dos não sons advindos da fala. A comunicação se dava em diferentes registros. O corpo era o meio de comunicação. Os afagos da dona da casa salgada já ultrapassara, de há muito, os joelhos. Os pés das mulheres em paixão já não tocavam o fundo arenoso. Voavam como em nuvens. Não saber nadar não era uma preocupação, para aquele momento. Estavam felizes. Apenas devaneavam. Isto era o ponto principal, ali.

– Voooltaaaa. – Seguia o solitário vento, dirigindo-se a ouvidos moucos.

Tão extasiadas estavam que não viram um redemoinho se formar, bem no canto da praia, avançar sobre o mar provocando lindas ondas circulares, precipitar-se sobre elas e seguindo em giro as lançar sobre as brancas areias, bem junto aos coqueirais e desaparecendo por entre as árvores.

Um pequeno grupo de pescadores se formou em volta

delas, bem a tempo de os biquínis serem recompostos. Ali, depositadas, ainda no limbo entre o lá e o cá, entre a viagem e o retorno e no meio entre o gozo e o depois, ouviam ao longe as pessoas dizerem:

– Noooossa! O que foi isso?

– De onde veio esse vento?

– Moro e pesco aqui, há quarenta anos. Nunca vi um redemoinho assim.

O PERFUME DOS SETE CHEIROS

Tiana já estava, havia meses, sem conseguir ter uma noite inteira de sono tranquila. Não sabia o que era dormir. Virava-se a noite toda. Acabava incomodando Marília, a esposa, que trabalhava numa empresa e diariamente, de segunda a sábado, acordava e saía cedo, regressando tarde. Era gerente de uma rede de supermercados havia duas décadas e gostava do seu trabalho. Tiana, que já era aposentada, implicava com a companheira, porque elas não podiam viajar, ou, mesmo, passear nos fins de semana. Conseguiam fazer uma rápida viagem de uma semana a cada dois meses, nos últimos oito anos de casamento.

Após longa pressão e muita chantagem de Tiana, Marília decidiu fracionar o mês de férias em quatro etapas. A atenta Tiana, a cada ano, fazia um cuidadoso planejamento destas férias da esposa e muitas vezes juntava com um feriado prolongado, o que permitia uns dias a mais de liberdade e lazer. Havia momentos em que preferiam ficar em casa, apenas curtindo a cidade e o belo lar onde residiam. Uma antiga casa de vila de dois andares, com jardim de frente e um pequeno e bem distribuído quintal nos fundos. Uma frondosa mangueira trazia a sombra e o canto dos pássaros durante quase todo o dia.

Haviam aprendido a viver em harmonia, ao longo dos quase vinte anos de casadas. Nem sempre fora assim. Marília era a ciumenta e possessiva da dupla. Muitos escândalos foram performatizados, em ambientes públicos. Cismava que alguém – mulher ou homem – estava olhando sua mulher e já ia até lá tomar satisfações. Saía sorrateiramente de perto de Tiana e, quando esta percebia, já estava armada a confusão que ia das agressões verbais às físicas, passando por arremessos de copos e garrafas. Assim, acabava a noite ou a tarde de diversão. Certa vez, foram conduzidas à delegacia e quase ficaram detidas por desordem. Foram salvas por um cunhado de Tiana, advogado e amigo do delegado, que decidiu fazer vistas grossas e liberar as duas. Não sem antes dar-lhes um sermão e aconselhar que deixassem esta vida e arranjassem um marido cada uma.

Porque isto, sim, é coisa de Deus. Afirmava em voz autoritária o delegado pastor. Marília, mulher de candomblé, acostumada a debater os temas de intolerância, já ia revidar, quando foi arrastada pelo cunhado, para fora do estabelecimento policial.

Após este dia, Marília foi se acalmando. Não brigava mais. Passou a dar beliscões em Tiana, caso alguém a admirasse. Depois destas sessões de tortura, Tiana voltava para casa e tentava se explicar. Nada convencia a ciumenta senhora. Decidiram, então, fazer terapia de casais.

Um dia, Tiana assistiu a uma palestra em seu trabalho,

organizada pelo RH, em função do 8 de março, dia internacional da mulher. Falava sobre violência doméstica. Ali, descobriu que estava sendo vitimada e não sabia. Ao chegar em casa, enfrentou sua mulher e ameaçou denunciá-la na delegacia da mulher, caso voltasse a dar-lhe beliscões, em público ou no privado.

– Eu só faço, porque te amo, minha flor de formosura – contestava a desconcertada Marília. Nunca imaginara ver sua mulher tão revoltada contra ela. Tinha pavor à ideia de ser encaminhada novamente a uma delegacia. Jamais voltou a atacar Tiana. Perceberam que haviam vivido em estado de violência doméstica, por anos. Aos poucos, foram aprendendo a se ajustar e a ter respeito mútuo.

O sossego finalmente chegou à convivência das duas jovens senhoras. Agora, com a tranquilidade na relação, no momento de uma das semanas de férias, deleitavam-se com longas horas sentadas na sala, e Marília aproveitava para colocar a cabeça no colo de Tiana. A esposa fazia cafuné, enquanto cada uma lia um livro. As leituras eram interrompidas diante de algum comentário sobre o escrito. Era quase uma leitura compartilhada. Com o anoitecer, decidiam se iam até Ipanema caminhar no calçadão e depois sentar num dos quiosques de Copacabana ou se seguiriam em casa no silêncio da intimidade que acabava lançando os livros para o lado e provocava o momento de leituras de seus corpos sendo mutuamente revisados. Eram alguns dias numa semana sem programação. Apenas deixavam correr as horas, ao sabor da vida.

Nas estrategicamente planejadas semanas de férias, também faziam turismo na própria cidade, aproveitando para assistir a vários filmes no mesmo dia, ir à praia em dia útil ou se perder comprando milhões de coisinhas miúdas e roupas no SAARA, no centro da cidade. Em outras, era quando Marília tirava para fazer algum preceito de santo, em sua casa de axé. Ou fazer alguma oferenda numa floresta, no mar ou numa cachoeira. Enfim, uma semana longe da rotina de sair às 8h30, sem horário para retornar, antes das 19h. Algumas vezes, era o período da viagem a algum país estrangeiro. Tiana amava descobrir novas sabores nos países aonde ia.

Eram mulheres felizes. Ambas haviam sido casadas anteriormente, com vidas heteronormativas. Após a viuvez de Marília e o divórcio de Tiana, se conheceram numa atividade de rua na Praça Mauá, durante um dos sambas de um famoso grupo de mulheres. Já eram avós quando começaram a descobrir o prazer de uma vida livre no formato lésbico de ser. Tiana, embora com marido, já havia tido uma conturbada relação de quatro anos com Janaína. Marília iniciara mais por curiosidade.

Ambas agora eram livres. Cada uma desvendando regiões no próprio corpo e no da parceira, de onde seus respectivos homens jamais haviam se aproximado. A experiência anterior homoafetiva de Tiana a colocava em outro patamar. Ainda assim, decidiu agir como se também fosse uma iniciante, por parceria com a companheira. Se encantavam com as novas narrativas e emoções que iam praticando. Passaram a assistir a filmes sexuais de mulheres com mulheres, perseguiram, nas livrarias, um pouco da não muito extensa lista de livros com histórias de lésbicas e, por fim, entraram num *site* de conselhos e observações para lésbicas da terceira idade. Tornaram-se clientes de um *sexy shop on line* e assim foram se instalando na nova vida sexo-amorosa.

Namoraram dois anos, sem que as respectivas famílias (mães, pais, filhos, filhas e netos) soubessem. Era tema não abordado. O segredo incomodava, mas também encantava pelo sabor de aventura. Coisa de juventude vivida após os quase cinquenta. Certo dia, durante o carnaval, no final da Banda de Ipanema, depois de tomarem muita caipirinha comprada no camelô e haverem se fartado de churrasquinho, cachorro quente e muita dança, quando estavam num beijo de maior entrega e enlevo ouviram:

– Vovó??

Foi um susto e um desconcerto geral das duas. Era Tianinha Neta, filha da filha mais velha de Tiana, que de mãos dadas com outra menina um pouco mais velha se surpreendia com a cena. Pegas em flagrante, todas as quatro se puseram a rir cumpliciadamente. Passado o carnaval, no domingo de Páscoa, durante o almoço da família, Sebastiana (Tiana) aproveitou para anunciar que se iria mudar e viver com Marília, porque elas eram namoradas. Nem Marília havia sido comunicada da decisão. Queria sair correndo, já imaginando a tempestade vizinha. Surpreendeu-se, no entanto, com a reação da família. Era um silêncio que ela não conseguia decifrar. Uma única palavra não era proferida. Instantes alongados pela expectativa. Até que o neto de quinze anos, filho do filho mais velho, se pronunciou primeiro:

– Até que enfim, né, vó. Tava todo mundo querendo saber quando é que a senhora ia sair do armário.

A gargalhada geral – inclusive de sua mãe, em seus mais de oitenta anos – fez Tiana entender que aquela família preta já acolhera Marília havia muito tempo. Só ela não havia se dado conta. Naquele momento, lembrou-se dos anos em que havia estado como amante de Janaína, a primeira mulher de sua vida. Lembrava-se do sofrimento de não poder contar a ninguém. Afinal, ela tinha marido. Uma relação totalmente desgastada, mas tinha um homem que vivia em sua casa, de quem usava uma aliança, além de dois filhos adolescentes, com ele. Naquela Páscoa, o almoço seguiu normalmente como todos os outros até ali. Inclusive com o amigo oculto de chocolates feito só entre as crianças, auxiliadas pela cumplicidade dos pais e mães.

Tiana, já aposentada, resolvera voltar a dar aulas de línguas, para preencher o tempo, e completar o orçamento para as viagens internacionais com Marília. Era fluente em inglês, francês e mandarim. Fora uma das primeiras a ensinar o idioma chinês, na cidade. Seu cabelo *black* ou em tranças, ao lado de sua pele negra, era sempre uma surpresa para os alunos, quando ela abria o portão de casa. O belo muro e o jardim da entrada levavam a que muitos acreditassem estar falando com a empregada. Era nítida a surpresa, e às vezes incômodo, quando ela se sentava à mesa e começava a fazer as primeiras perguntas para saber o histórico daquela pessoa com o idioma que pretendia estudar. Ainda assim, tinha um bom grupo de alunos particulares que ela recebia embaixo da imensa jaqueira do quintal. Mas reservava sempre tempo para preparar o jantar para sua amada. Se preocupava em elaborar alguma iguaria para surpreender a companheira. Se amavam e se desejavam após anos de casamento.

Mas a insônia se instalara nos últimos tempos e deixava Tiana lenta durante todo o dia e com pouca presença de humor, o que sempre foi algo tão próprio dela. Já não fazia suas piadinhas bobas que tanto agradava à sua mulher e nem tanto às demais pessoas. Era daquelas que conseguia fazer piada em qualquer circunstância: casamento, batizado, missa de sétimo dia e até enterro. Já não era mais assim. Por conseguinte, os almoços de domingo quase sempre em forma de piquenique já começavam a rarear. A cidade do Rio de Janeiro e seus arredores, que emprestavam cenários magníficos para seus encontros comensais dominicais, já não testemunhavam seus beijos sorrateiros durante a refeição pública.

Antes, Tiana passava o sábado se esmerando no cardápio do dia seguinte. A tradição era passarem a noite anterior assistindo a um filme, jantando algo leve e muitas horas de sexo selvagem, o que as fazia acordar tarde no domingo. Um breve café da manhã e começava o ritual de armazenar a comida nos muitos potes colecionados por Marília. Separar a cerveja ou vinho na caixa térmica, além de pratos, talheres, toalhas, guardanapos e cangas para sentar. Uma parafernália que muito agradava a ambas, meticulosas e detalhistas.

Tomavam um táxi ou um carro de aplicativo e seguiam em direção ao destino. A inseparável toalha em tom amarelo-ouro as acompanhava. Marília era filha e Oxum e sempre se dedicava a ter com elas algo na cor da mãe do ouro.

— Minha mãe é a mulher do Amor. Dedico a ela nosso harmonioso casamento.

Na volta, às vezes iam ao teatro, ou ao cinema, ou convidavam algumas amigas para fazerem um lanche em casa. Haviam, ao longo dos anos, conseguido reunir um grupo de amigas lésbicas acima dos cinquenta anos, a maioria negras. Algumas aposentadas, outras a caminho de. Nestes encontros dominicais, cada uma trazia um petisco (*belisquete*, como dizia Marília) ou uma bebida. Ficavam horas conversando sobre os mais diversos assuntos. Mas, como a maioria era ativista ou acadêmica, invariavelmente os temas racismo, sexismo e lgbtquiafobia vinham à tona.

Às vezes, Tiana, que adora tecnologia, levava o projetor e o computador para o quintal e transformava em tela o muro já pintado para tal. Um filme ou um documentário que houvesse recém-descoberto na rede *web* era assistido por todas. O pequeno espaço se alargava para abrigar as cadeiras e almofadas de modo que todas pudessem se deliciar com a película. Nestes momentos, Marília conclamava o grupo reunido na ampla sala:

– Vai começar o afrocinesapata. Bora para o quintal. – Cada uma pega uma cadeira ou almofada.

Eram todas recebidas do lado de fora, com Tiana à porta da cozinha distribuindo garrafas *long neck* de alguma cerveja importada. Ela gostava de exibir-se no quesito cervejeira.

Após a chegada da insistente insônia, nem mesmo este momento de parceria gastronômica com as amigas ou os piqueniques de domingo foram mantidos. Tiana já não conseguia encontrar o prazer do preparo na cozinha, ouvindo Dona Ivone Lara, Clementina de Jesus, Leci Brandão, Elza Soares e Dalva de Oliveira. Tinha medo de dormir diante do fogão e incendiar a casa. Se recusava a ir a médicos. Havia sido criada com plantas e folhas. Acreditava que iria passar. Embora também não buscasse folha alguma.

Num dos sábados de sofrida solidão, em casa, já que Marília havia ido trabalhar, deixou-se cair no sofá. Não sabia se dormia, sonhava ou era só imaginação. Sentiu um torpor em todo o corpo e um leve refregar na sola dos pés. Assustou-se. Só uma pessoa havia descoberto aquele ponto tão prazeroso de seu corpo: Janaína, sua primeira namorada/amante. Ambas eram casadas. Ela com Genaro e Janaína com Marinalva. Haviam estado juntas por três anos. Foi antes do casamento com Marília. Se amavam e se desejavam intensamente. Encontrava-se sempre às sextas, num apartamento que alugaram apenas para suas fugidas noturnas. Genaro sabia que Tiana tinha um compromisso religioso todas as semanas. E Janaína tinha que ficar com a avó de quase cem anos. Nem o marido de Tiana nem a esposa de Janaína jamais descobriram o engodo.

As duas se gostavam bastante e se arranjavam na secreta relação. O único ponto de discórdia era o hábito de bebida da amada. Tinha a cultura de embriagar-se às sextas. Gostava de sair sozinha e só regressava tarde da noite. Sempre num estado deplorável. Tiana pacientemente dava-lhe banho e colocava na cama, para onde ela ia desmaiada. Bastava-lhe cinco minutos deitada e se levantava totalmente revigorada para uma intensa noite de sexo, que Tiana considerava como um bálsamo após as longas horas de espera e cuidado. No dia seguinte, Tiana era despertada com uma rosa e um belo café da manhã como um pedido de perdão de sua mulher alcoólica. Foi num destes despertar pós orgia de sextas que Janaína encontrou aquele ponto, sem letra do alfabeto, bem no centro de sua planta do pé.

O casamento acabou com um acidente de carro na estrada Grajaú-Jacarepaguá, em que Janaína, na volta de uma de suas noitadas, chocou-se contra um caminhão. Morreu antes de completar quarenta anos. Décadas depois, Tiana ainda se sentia viúva de seus toques e carícias.

Naquele sono/sonho/realidade, toda a memória gustativa (do corpo de Janaína), a memória sonora (dos gemidos de Janaína) e a memória tátil (dos dedos de Janaína) se reuniram e decidiram atá-la ao amplo móvel da belamente decorada sala de sua casa.

Estava perdida. Apenas ouvia ao longe as doze badaladas do sino da Catedral Metropolitana do Rio e Janeiro. Sabia que ficaria sozinha até as dezenove, quando Marília regressasse. Ela terminava o trabalho aos sábados e se apresentava para uma ação voluntária no movimento social. Coordenava quatro sedes de uma rede de pré-vestibulares comunitários. Também dava aula ali, de temas de redação. Aproveitava para falar de diversos assuntos que sabia ausentes das formações dos estudantes, inclusive a questão LGBTQI+, a violência contra mulher, a corrupção, entre outros. Costumava trazer convidados para discutir temas que não eram do seu inteiro domínio. Assim, acabava voltando para casa no mesmo horário dos dias úteis. Sentia-se cumprindo um compromisso social relevante, a cada quinze dias.

Tiana, prostrada no sofá, preocupou-se:

– e se estivesse tendo um ataque do coração?

O resvalar intensificou-se no pé direito. Exatamente aquele que a fazia derreter-se sob o jugo de Janaína. A partir daí, a sensação de toque foi se ampliando e subindo por suas pernas. Sem perceber passou de sentada a deitada, no amplo sofá. Seu corpo começava a dar sinais, em reposta àquela provocação. Sentiu vontade de abrir as pernas. Uma delas esticou-se, espontaneamente até o espaldar do móvel. A outra deixou-se cair ligeiramente em direção ao chão.

Mais uma coincidência com Janaína, quando sentiu vontade de tocar seus próprios mamilos. Assim era a ex-companheira, ordenava que ela mesma se desse prazer. Só depois seus seios encontravam os lábios da domadora que apenas soprava um ar bem frio em cada ponta deixando-a em profundo êxtase e a delirar por mais uma iniciativa. Seu corpo implorava por mais. Uma lufada de ar entrou pela janela entreaberta e o vento passou diretamente sobre os já rígidos e obedientes mamilos da vulnerável Tiana.

Foi ficando cada vez mais assustada e desejou levantar-se. Uma força potente, mas suave, não permita que se movesse dali. Acreditou estar enlouquecendo. Entrou em pânico. Num brusco movimento alcançou sentar-se. Numa fração de segundos, sentiu-se jogada de volta. Agora já com mais vigor. Teve ímpetos de gritar, embora não soubesse para quem. Mas sua boca foi cerrada por algo que se parecia como uma língua quente que se adentrava quase até a garganta. Sentia-se sufocada, mas ao mesmo tempo gostava daquilo, que já se assemelhava a uma luta corporal. Um cheiro de Janaína tomou todo o cômodo. Sim. Aquela indefectível fragrância que ela mesma preparava e denominara perfume SC (sete cheiros.). Era um elaborado de manjericão, jasmim, canela, cravo, eucalipto e camomila. Certa vez Tiana questionou:

– Mas só tem seis ervas.

– Eu sou o sétimo cheiro – respondeu Janaína, num tom que não admitia maiores dúvidas.

Janaína crescera em zona rural da região amazônica. Filha de pais indígenas não aldeados. Se recusava a comprar perfumes industrializados. Até a essência de rosas, ela mesma elaborava. Algumas vezes, como preparação para o sexo intenso – e que ambas gostavam de fazer – a mulher das florestas colocava algumas gotas no pescoço de Tiana.

– É para alimentar o tesão e libertar a fantasia. Dizia a mulher dos potes mágicos.

Agora, as ervas estavam todas ali reunidas naquele início de tarde de sábado. O suor já escorria pelo corpo de Tiana. Sua testa marejava água quando se via no cio. O escorrer do líquido quente por seu rosto, passando pelo pescoço, lhe deu a certeza de que Janaína estava ali, com sua fragrância e magia. Assustou-se. Nova tentativa de fugir dali. Novo empurrão. Desta vez, foi arremessada ao chão. Caiu de bruços. Foi cavalgada. Não tinha forças para resistir. Já não desejava fazê-lo. Mãos vigorosas passavam por suas costas. E entravam no seu cabelo *black*, que se eriçava a cada toque abrupto. Janaína era audaz, na cama, quase bruta e agressiva. A isto Tiana chamava de 'pegada'. Se entregava sem se reservar, nas noites de sexta. A doce mulher de sabor SC se transformava na cama. Era dominadora e astuta. Comandava cada movimento que sua vítima (assim falava) ousava esboçar.

Agora, sua energia estava ali, seguindo seu ritual de acasalamento em cada detalhe, inclusive ao invadir todos os orifícios de Tiana, e retirando-se no segundo último antes da entrega total. Assim, deixava Tiana durante horas, a esperar o orgasmo que ensaiava , mas não vinha, porque a domadora interrompia. Exigia que a parceira fechasse os olhos e os mantivesse assim, até segunda ordem.

Colocava Tiana em completo suspense sem saber qual o passo seguinte. Às vezes fazia um barulho qualquer só para assustar Tiana que fazia movimentos de levantar e tirar a venda, mas era dominada com uma mordida, uma lambida ou mesmo um tapa em pleno rosto. Certa vez quebrou um vaso de cristal que ela mesma comprara uma semana antes. O pânico de Tiana foi tanto, sem saber o que estava ocorrendo, que derrubou Janaína para o lado da cama, retirou a venda e encontrou sua amada numa bela *langerie* rendada cujo branco contrastava com a pele cor de oliva. Avançou sobre ela e passou a ser quem dava as coordenadas. Arrancou a calcinha com os dentes e foi comendo e degustando a ex-amazona, agora cavalgadura, até que ela urrou de prazer e entregou toda a água represada em seu corpo através de sua vagina entorpecida pelo profundo orgasmo. Os barulhos eram aguardados por Tiana, que prometia não se assustar com eles. Mas nem sempre vinham. Assim, a surpresa, o susto e o tremor sempre ocorriam.

Aquele chão frio de cerâmica, de sua casa com Marília, trazia à Tiana um contraste com o seu dorso que estava totalmente aquecido pela mão que a massageava. Sentia sinais de que queria gozar. Sentia- se culpada. Afinal, era uma mulher casada, numa relação que não admitia outras parcerias.

Pensamentos rapidamente apagados pelos aromas presentes na atmosfera. Havia também um cheiro de quase gozo e de intimidade molhada , além dos SC de Janaína.

Estava sendo cavalgada. Sentia-se num movimento para cima e para baixo. Instintivamente tocou-se. Sua vagina estava completamente molhada. Não costumava masturbar-se sozinha, só em presença de Marília, que se deliciava com a imagem de sua mulher se autoaplicando momentos de prazer. Ela gostava de entrar depois da autolubrificação. Ao longo dos anos, foram criando suas próprias técnicas de encontros no sexo, fosse na cama, na cozinha, dentro da banheira, embaixo do chuveiro ou da árvore do pequeno quintal da casa de vila, onde moravam, na Lapa, Rio de Janeiro. Gostavam de dormir à luz da lua, quando esta estava cheia. Forravam um *edredon* no quintal, levavam um vinho seco e ali ficavam até adormecer abraçadas. A luz do sol anunciava o final da noite.

Mas, ali, naquele estranho sábado, permitiu o diálogo entre sua mão e seu clitóris. Sabia que estava sendo observada. Não estava só naquela sala. Mais uma vez o sino da Catedral do Rio veio sonorizar o ambiente emprestando um ar quase bucólico ao momento. Embora meio ausente, Tiana conseguiu ouvir ou acreditou haver ouvido quinze badaladas. Ainda faltavam quatro horas para a chegada de Marília.

Voltou a concentrar-se no seu corpo. Talvez se gozasse conseguisse sair daquele domínio. Assim, decidiu agitar com todo o vigor que suas forças permitiam, seu clitóris. Por vezes, se autopenetrava com três dedos em sua vagina.

Tenho que gozar logo. Pensava.

Quando estava a poucos segundos de alcançar o truque imaginado, outra lufada de ar entrou pela janela e derrubou uma jarra numa mesa de cantos. Os estilhaços a fizeram assustar-se e interromper o autocoito. Perdeu a concentração. Teria que iniciar tudo novamente.

Em vão tentou erguer-se. Foi mais uma vez arrojada, desta vez viu-se com as costas no chão e percebeu que estava sem saia e sem calcinha. Não lembrava de havê-las retirado. Haviam ficado sobre o sofá. Suas pernas se escancaram como se tivessem vida, independentemente das ordens mentais de Tiana.

Seus olhos abertos não lhes transmitiam imagens que pudessem explicar o que ocorria. Embora os demais sentidos estivessem atuando: principalmente o olfato, o paladar, o tato e a audição produziam emoções nunca experimentadas, mesmo nas orgias de sexta depois das bebedeiras de Janaína.

Decidiu voltar a se masturbar. Desta vez sem as mãos. Não queria exasperar sua visitante. Era uma visitante. Já sabia disto. Tratou então de esfregar as pernas, vigorosamente uma na outra ao mesmo tempo que mamava os próprios seios. Isto costumava enlouquecer a Janaína. Era uma estratégia que usava para gozar no momento em que desejava e não sob o imperioso comando da filha dos Rios.

Foi aí que a janela se escancarou com um vento enfurecido e uma série de coisas passaram a cair na sala, a começar pelos quadros de fotografias de Tiana e Marília, passando pelas esculturas africanas que ambas haviam comprado numa vigem ao Benin, até as muitas folhas e documentos que Marília havia deixado na mesa da sala para organizar e colocar no escritório ao regressar do trabalho. Um caos se estabelecera. Tudo sendo testemunhado por Tiana, que não conseguia se levantar para fechar a janela. Um redemoinho varria a casa e ela deitava num frenesi sexual que a fazia enlouquecer. Quando decidiu parar de se dar prazer, já que o intento visivelmente falhara, também cessou o vento invasor.

Neste momento seu pé direito voltou a ser tocado, mas à medida que o sentia, via água marejar entre os dedos, como se estivessem sendo chupados.

Neste momento, dos cinco sentidos, foi a audição que mais se destacou. Ouviu seus rugidos de prazer e só fazia pedir:

Não para, não para, não para, Janaína.

A menção do nome fez com que tudo cessasse de imediato e ao longe a música em forma de badaladas completava dezoito movimentos. Eram seis da tarde.

Tiana conseguiu se levantar.

Naquela e nas demais noites de sua vida nunca mais teve insônia.

Esta obra foi produzida em Arno Pro Light 13 e impressa em papel pólen soft 80 na gráfica PSI para a Editora Malê em novembro de 2021.